SÉRAPHIN

ou

LES INFÉRIEURS

PAR

MADAME CAMILLE DERAINS

PARIS

L. BONNEVILLE, ÉDITEUR

21, QUAI DES GRANDS-AUGUSTINS

1855

SÉRAPHINE

ou

LES INFÉRIEURS

LAGNY. — Imprimerie de VIALAT et Cie.

Seraphine

SÉRAPHINE

OU

LES INFÉRIEURS

PAR

MADAME CAMILLE DERAINS.

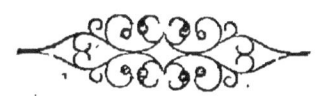

PARIS

L. BONNEVILLE, ÉDITEUR

21, QUAI DES GRANDS-AUGUSTINS

—

1855

MA BIEN CHÈRE CAMILLE,

Je vous rends *Séraphine* comme une action de grâces, à vous qui l'avez créée pour me distraire et m'attendrir. Je suis en effet très-émue de cette lecture ferme et pénétrante, et je vous prie instamment de n'en priver personne. Garder pour vous seule un tel modèle de patience et de courage serait, je vous assure, une bonne œuvre de moins dans votre vie, qui en est toute remplie : ce livre est vraiment une bonne action

Pourquoi ne pas livrer à l'impression ces chastes exemples, dont tant de charmantes jeunes filles ont besoin, dont tant de mères vous béniront?

Les secrets amers de *Séraphine* renferment une leçon tellement salutaire, que vous ne pouvez leur donner trop de jour, après leur avoir donné tant de force et de charme.

C'est donc à tous ces titres que je vous rends *Séraphine* comme une action de grâces.

Votre fidèle amie,

MARCELINE DESBORDES-VALMORE.

A Mademoiselle

LOUISE DE LA ROCHEFOUCAULD.

MA JEUNE AMIE,

Vous avez fait un si bon accueil à mes petits Contes, que je n'hésite pas à vous adresser ma *Séraphine*, avec ses défauts, ses malheurs et son repentir sincère.

C'est en faveur de ce repentir, *la vertu des mortels,* que je réclame votre indulgence pour un caractère qui tranche avec le vôtre de la manière la plus absolue. Mais la sympathie, dit-on, naît des contrastes, et, à ce compte, je suis sûre de votre tendre intérêt pour ma jeune héroïne; votre cœur, si naturellement compatissant, sera touché des douloureuses péripéties qui l'ont menée au bien par un chemin si rude. C'est pourquoi, ma chère Louise, je remets mon enfant sous votre protection, pour que vous l'aidiez à faire son entrée dans le monde. Je vous la confie d'autant plus en groupes au seuil des maisons, aussi loin que ma vue pouvait s'étendre le long d'une rue droite et bien bâtie. Tout dans cette riante cité annonçait le goût, l'aisance et la propreté qui en est une suite naturelle. Mais que faire près d'une fenêtre ouverte, lorsqu'un mal de jambe vous y tient clouée, si ce n'est philosopher et tirer des horoscopes d'après les physionomies que vous voyez s'animer et s'agiter dans le panorama où se renferme votre vue? Je ne m'y épargnai pas pendant les six longues semaines que dura mon mal, plus incommode que douloureux. Bientôt toutes les figures de mon quartier me devinrent aussi familières que si j'eusse passé ma vie au milieu d'elles. Parmi les plus intéressantes et les plus jolies, j'avais distingué, dès les premiers jours, celle de ma plus proche voisine, dont l'air modeste avait un charme tout particulier. C'était une jeune marchande de lingeries et de nouveautés, fidèle à son comptoir qu'elle n'abandonnait pas un instant de la journée; et dont, pour cette raison, la boutique, parfaitement achalandée, ne chômait jamais. Comme il n'y a pas d'indiscrétion à regarder dans une maison ouverte à tout venant, je me livrais sans contrainte au plaisir de suivre la grâce de ses mouvements dans l'art de déployer ses marchandises et de les faire valoir. Elle me semblait infatigable dans sa bonne volonté, et persuadait ce qu'elle voulait ; puisque, pour peu ou pour beaucoup, il était impossible de ne pas subir l'influence de ses manières engageantes et de son irrésistible politesse.

Je fus plusieurs jours à souhaiter qu'un incident me mît à même d'engager une conversation avec cette jeune fille pour laquelle je ressentais beaucoup de sympathie.

L'occasion se présenta, un soir, qu'après une journée étouffante, elle prenait le frais au seuil de sa porte. Le bruit de la rue se trouvant assoupi, je fis à haute voix, en m'adressant à elle, quelques réflexions banales sur la beauté de la soirée, elle y répondit en peu

de mots pleins d'à-propos ; puis venant à moi
avec un empressement respectueux où se
mêlait cependant une sorte de timidité sans
gaucherie, élle s'informa de ma santé. Je lui
expliquai pourquoi et comment je me trouvais sa voisine pendant un si long temps. Elle
parut prendre un vif intérêt à ce que je lui dis,
et je devins prolixe tant pour le plaisir de me
faire plaindre que pour celui de retenir un peu
plus mon interlocutrice. Je la jugeai de suite et
je reconnus qu'entre autres qualités, elle possédait surtout le talent si rare de savoir écouter.

La glace étant rompue entre nous, je ne la
laissai point aller sans l'inviter à venir me voir,
ce qui sembla lui faire plaisir. Elle en profita
si bien qu'à dater de ce jour, dès que le
temps de la vente était passé, elle montait
joyeuse dans mon petit appartement où toutes
deux nous oubliâmes quelquefois l'heure de
la retraite.

Dans le commencement de cette liaison,
provoquée par ma solitude et mon oisiveté

forcée, je ne lui parlais que de son commerce,
et de ce qui s'y rattachait ; mais à la manière
dont elle répondait à mes questions, et aux réflexions justes et profondes qui jaillissaient de
son esprit, je compris tout ce qu'elle valait.
Non seulement cette jeune fille possédait l'habileté nécessaire pour être une agréable et
bonne commerçante, mais son âme naturellement élevée, ayant puisé plus avant dans les
vraies sources de la vie, en avait apprécié et
étudié le côté moral. Je ne pus donc la voir
longtemps sans l'aimer, pour la finesse et la
profondeur de son esprit autant que pour l'affa-
bilité de ses manières.

La découverte d'une personne si distinguée
dans sa modeste position, me causait un grand
étonnement. Je ne comprenais pas que dans
une existence desséchante à force d'unifor-
mité, et dans l'unique compagnie d'une mère
que je voyais toute la journée occupée des
détails de commerce et des fonctions de ménage, cet être, si à part des autres, eût pu

se former et se développer d'une manière aussi parfaite.

Un soir, je la vis inquiète au sujet d'une indisposition de sa mère, que le médecin regardait comme très-grave. Tout ce qu'elle me dit des qualités et des vertus de cette simple femme, qui avait l'air d'une paysanne, et qui l'était en effet, me toucha tellement, que je me sentis presque aussi triste qu'elle de ses craintes, et des raisons qu'elle avait de s'y livrer.

Il va sans dire que sa visite fut courte ce soir-là, je n'osai la retenir; mais avant de la laisser partir, je ne pus m'empêcher de la serrer dans mes bras comme si elle eût été ma fille. — Ma chère enfant, lui dis-je avec l'affection qu'elle m'inspirait, vous me paraissez tellement au dessus de la condition où le sort vous a placée, que je vous demanderai quelque jour quelle fée a présidé à votre éducation.

— J'ai souffert, Madame, me répondit-elle avec une expression si profonde que sa physionomie en fut tout altérée. Cette réponse m'inspira le vif désir d'en savoir davantage; mais le moment n'étant pas opportun pour lui demander son histoire, je la laissai retourner aux soins touchants qu'elle prodiguait à sa malade, de l'air qu'elle mettait à toute chose. Ces soins multipliés, et les intérêts de son commerce, languissant en son absence, l'absorbèrent tellement que plusieurs jours s'écoulèrent sans qu'elle pût venir se livrer avec moi à nos causeries quotidiennes. J'en fus si triste que mon mal m'en devint plus insupportable, aussi ne fut-ce pas une médiocre satisfaction pour moi que le rétablissement de cette bonne femme que je connaissais à peine de vue. Mais sa fille était si joyeuse, elle mettait tant de cœur à raconter les phases de cette maladie qui l'avait fait passer alternativement de la crainte à l'espérance et de l'espérance à la crainte, que c'était un bonheur de voir sa jeune âme se peindre sur son expressif et mobile visage. Ce fut avec un vif plaisir que nous reprîmes les soirées où toutes deux nous trouvions si bien notre compte!

Bientôt, soit qu'elle eût deviné ma curiosité pleine d'intérêt, ou qu'elle-même eût besoin de me donner sa confiance, elle arriva un soir plus tôt que de coutume, et, sans se faire prier, elle me conta ce que je désirais savoir, à peu près dans ces termes :

— Je suis née à Bordeaux. Mon père, fils d'un armateur, livré lui-même au commerce maritime, possédait une fortune assez considérable, lorsqu'à trente ans, il se sentit tout à coup attaqué par une maladie qu'il sut dès le début devoir être mortelle. Cette cruelle certitude lui laissa néanmoins assez de liberté d'esprit pour s'occuper de ceux qui devaient lui survivre. Au lieu de s'attendrir sur lui-même, on le vit tourner tous ses efforts vers le but d'assurer un sort à sa triste veuve et à l'enfant qu'il ne devait jamais connaître. A cet effet, il s'empressa de remettre la suite de son commerce, à de bonnes conditions, entre les

mains d'un homme qu'il jugeait aussi probe
que chacun l'estimait actif et intelligent; ce
fut par cet arrangement que ma mère, à peine
âgée de vingt ans, et qui, par son éducation
autant que par la nature de son esprit, était
restée étrangère aux affaires d'intérêt, se
trouva entièrement dégagée des soucis matériels qui accompagnent toujours une grande
catastrophe. Elle n'en eut que plus de temps
pour s'abandonner sans réserve ni distraction
à son immense douleur lorsque les prévisions
de son mari vinrent à se vérifier. Ce qui se
passa alors dans le cœur aimant, l'âme im-
pressionnable de ma pauvre mère, est cette
éternelle histoire du désespoir qui jette les
âmes veuves si avant dans le dégoût du présent. Ses facultés aimantes avaient quitté ce
monde. L'être matériel seul y végétait encore.

Mais, à ma naissance, il se fit en elle une ré-
volution de sentiments et de devoirs nouveaux, et elle vit dans cette existence laissée
à sa charge, un ordre du ciel qui lui comman-

dait de vivre. Je tombai dans sa vie comme un ange consolateur, et m'acceptant à ce titre, elle me nomma Séraphine; mais j'étais née si faible, qu'à chaque instant on craignait de me voir expirer. Les soins incessants qu'exigeait mon état, l'ardente préoccupation dont j'étais l'objet, arrachèrent ma mère à l'état violent dans lequel elle avait vécu depuis la mort de mon père, si l'on peut appeler vivre la faculté de voir passer les jours à travers un voile de pleurs, sans s'associer par la volonté à aucun des actes révélant l'être moral.

Mon père étant resté tout jeune sans famille, avait prévu l'isolement de sa veuve en l'absence de parents; aussi lui avait-il fait promettre de quitter une ville où tout lui rappellerait un bonheur passé sans retour. Il eut même, dans sa prévoyance, et avec ce calme qui est le partage des grandes âmes, le soin de la recommander à un de ses amis d'enfance, marié, père de famille, et qui, à ces titres, comprenait le devoir de la mission qui lui était imposée par l'amitié; mission sainte qu'il accepta sans restriction, en promettant solennellement de ne pas nous abandonner.

C'est ainsi, qu'à peine âgée de trois mois, je fus apportée à Châlon, où l'ami de mon père remplissait d'honorables fonctions.

Mais la mort, qui se joue de toutes les prévisions des hommes, et qui moissonne en aveugle les bons et les méchants, ou plutôt qui travaille pour le compte de celui qui ne nous en doit aucun, s'abattit un jour sur la maison de notre protecteur. Une affreuse épidémie enleva petits et grands, et ne laissa, de six personnes qui composaient cet intérieur, qu'une paysanne désolée de la disparition de toute cette famille, et surtout du plus jeune enfant dont elle était la nourrice.

Cependant, il n'est pas rare de voir surgir d'une position, perdue sans retour, un élément de salut pour quelques-uns : au milieu des larmes de cette pauvre créature, partagées par ma mère jusqu'à l'exaltation, il y eut un soulagement, presque un bonheur, si l'on peut proférer ce mot dans de si tristes circonstances.

Cette nourrice, accablée de maux pendant toute sa vie, et brisée par la perte de son dernier nourrisson, parut être envoyée comme du ciel pour devenir ma Providence. Ainsi le jugea ma mère elle-même qui s'étiolait en m'allaitant sans profit pour moi, et qui comprit à temps que son devoir était de me confier aux soins de l'honnête et bonne créature venue si à point pour nous sauver toutes deux. Elle fit plus, ma tendre et bonne mère : au lieu de rester à la ville, centre de ses habitudes, où elle avait sa maison, ses domestiques, et un bien-être qui flattait sa nature délicate, elle n'hésita point, pour l'intérêt de ma santé, à venir se confiner à la campagne, dans la maison même de ma nourrice, vivant de sa vie simple et rustique, couchant dans l'étable, tant pour suivre les prescriptions de son médecin qui jugeait sa poitrine faible, que pour satisfaire aux entraînements de son cœur à mon égard. Elle me consacra ainsi ses jours, ses mois, ses années sans me quitter un instant.

J'étais le seul amour de ces deux âmes blessées, faites pour s'entendre, malgré l'espèce de rivalité qui les portait à se surpasser en petits soins pour moi, afin d'obtenir la préférence dans mes affections naissantes. Si l'éducation commence dès le berceau, jugez, Madame, de ce que cet assaut de gâteries dut produire de mauvais germes dans un caractère dont j'eus beaucoup à souffrir plus tard.

En attendant, cette unité d'amour dans mes deux mères avait aplani la distance créée par la différence d'éducation ; car les cœurs sont toujours frères, et quand la vanité fait pencher la balance où pèse notre vie, l'amour se charge de rétablir l'équilibre.

Rien n'était donc plus vrai que le sentiment dévoué existant au fond des choses, quoiqu'à la surface la jalousie excitât quelques troubles passagers : ma nourrice, dans un danger, eût sacrifié sa vie pour ma mère ; celle-ci en revanche, en cas de malheur ou d'une absence momentanée, à elle seule eût confié sa fille ; mais, pour le moment, sa prévoyance n'allant pas au delà de l'horizon borné où elle vivait, n'avait pas de sujet d'inquiétude, puisque ma santé était de jour en jour plus florissante et mes intérêts matériels très-bien dirigés selon toute apparence.

Cependant, si dans la vie le calme succède à l'orage, rien aussi n'est plus commun et même plus assuré que le trouble et la perturbation surgissant au milieu de la paix la plus profonde, et détruisant sans retour l'ordre de choses le plus solidement assuré selon nos faibles et courtes vues.

Hélas ! cette vérité, oubliée à force d'être connue, ne tarda pas à se vérifier et à recommencer l'ère de la souffrance pour deux pauvres femmes déjà si éprouvées ; j'étais encore trop jeune pour y prendre part.

CHAPITRE II.

J'ai oublié de vous dire, Madame, continua Séraphine, en reprenant le fil de son histoire interrompue depuis la veille, que ma mère, née à l'île Bourbon, y avait encore son père, riche colon, mais remarié à une femme hostile à la pauvre orpheline, qu'elle s'était appliquée à dépouiller de ses droits en la privant de la tendresse de son père. Je n'entrerai point dans le détail des tristes scènes qui firent de la vie de ma pauvre mère un long martyre que rien ne semblait devoir terminer, lorsque mon adorable père arriva dans l'île, brillant de jeunesse et des rares qualités qui le rendirent un jour si regrettable.

Il ne put être admis chez mon grand-père, ou l'attiraient ses affaires commerciales, sans être touché de la grâce et du malheur de sa fille. Se faire aimer d'une pauvre créature à qui rien ne sourit ne put être une chose difficile. Il arriva donc ce qui devait arriver, et bientôt ma mère, en acceptant la fortune et la main qui lui étaient généreusement offertes, n'eut plus qu'à rendre grâce à Dieu d'un bonheur trop complet, sans doute, puisqu'il devait être si peu durable et laisser tant de regrets.

Lorsque ma mère quitta l'île, ce fut naturellement une rupture avec la famille qui semblait à l'avance l'avoir rejetée de son sein ; elle n'en eut plus de loin en loin que des nouvelles indirectes et insignifiantes.

A la mort de mon père, elle écrivit une de ces lettres où la vie tout entière s'exhale dans une douleur ; elle ne reçut qu'une réponse froide et des lieux communs sur la nécessité de la résignation en pareille circonstance. Toutefois elle annonça ma naissance, et on la félicita le plus brièvement possible, ce qui lui ôta toute envie de renouer une correspondance au moins inutile.

Mais voici qu'au moment où j'atteignais à ma troisième année, lorsque le temps ayant passé, tout semblait fini entre elle et les siens, une lettre de l'île Bourbon vint plonger dans la désolation notre petit intérieur. Mon grand-père mourant, et repentant de sa conduite passée envers sa fille, la suppliait de venir en toute hâte recevoir sa bénédiction et l'expression de ses regrets inutiles, hélas! Au seul pressentiment de la possibilité de me quitter, un froid mortel avait saisi ma mère; bientôt une lutte s'établit dans sa conscience entre deux devoirs également sacrés; car elle savait que si celui d'une mère est de veiller sur son enfant, celui d'une fille est de ne point résister aux désirs d'un père mourant. Elle opta pour le plus difficile, et sans vous entretenir longtemps de

ses combats et de ses larmes, qu'il vous suf-
fise de savoir, Madame, qu'après m'avoir mille
fois recommandée aux soins de ma nourrice,
elle partit.

Ce long et périlleux voyage ne lui procura
toutefois que la triste satisfaction d'embrasser
encore une fois son père, qui, sans doute, en
punition de torts immérités, expira sans avoir
reconnu la fille qu'il n'avait cessé de demander
pendant tout le cours de sa longue maladie.

A peine ses yeux furent-ils clos que les
membres de sa famille, à laquelle ma mère
était étrangère, se disputèrent l'héritage du
défunt. L'âpreté avec laquelle ils s'en arrachèrent les lambeaux ôta à ma mère l'envie de
faire valoir ses droits qu'elle ne regretta un instant que parce qu'ils étaient aussi les miens.
Mais n'avais-je pas la fortune de mon père? et
pour y ajouter ce qui alors était le superflu,
devait-elle manquer au respect dû à la mémoire de celui qu'elle pleurait? Aussi, loin de
montrer une sordidité qu'elle détestait dans les

autres, s'abstint-elle de toute demande tendant à obtenir la moindre parcelle d'une dépouille déjà trop contestée.

Cette conduite désintéressée excita sinon l'admiration, au moins un profond étonnement d'un vieil oncle, ancien magistrat, habitant l'île. En sa qualité de célibataire égoïste, il était resté toute sa vie assez indifférent pour sa nièce, lorsque tout à coup il se passionna pour ce caractère oublieux du mal et désintéressé jusqu'à l'héroïsme, pensait-il; lui, qui, toute sa vie avait disputé pied à pied le terrain de son habitation, et qui voyait partout matière à discussion pour maintenir l'intégrité de ses droits.

Contrairement à ses habitudes de n'admettre jamais personne dans son intérieur, il exigea que sa nièce vînt s'établir chez lui, et qu'elle lui conférât le droit de régler ses affaires.

Ma mère, effrayée de la perspective d'un procès, et des lenteurs de la justice en semblable matière, eut beau dire que, ne prétendant à rien, elle le suppliait de ne rien entreprendre dans son intérêt; tout fut inutile : bon gré, malgré, elle devint sa cliente ; et à ce titre, force lui fut d'entendre la lecture de tous les auteurs de droit anciens et modernes, et d'examiner sa cause sous tous ses aspects ; tant et si bien qu'elle finit par n'y plus rien comprendre.

De temps en temps elle essayait timidement de rappeler à son oncle qu'elle avait une enfant abandonnée depuis trop longtemps aux soins d'une nourrice.

— Que voulez-vous de mieux pour un marmot? lui répondait-il avec dépit, car il ne pouvait souffrir qu'elle fît allusion même à la possibilité de son départ.

Quand on a des enfants et qu'on les aime, ajoutait-il d'un ton radouci, il faut le leur prouver en s'occupant de leur fortune.

— Mon Dieu, mon oncle, reprenait doucement ma mère, ma fille en aura suffisamment, et elle sent bien plus le besoin des témoignages de ma tendresse que celui d'avoir de l'or.

— Vous êtes une sotte, ma nièce. Vous n'entendez rien aux affaires, et quand je me tue pour arranger les vôtres, et que, par amitié, je me réjouis pour vous de les voir en si bon chemin, voilà comme vous reconnaissez mes soins.

Soyez donc homme de loi, continuait-il en se parlant à lui-même! Pâlissez sur le droit romain! Nourrissez-vous de la substance des Cujas, des Pothier et des autres! Puis mettez vos talents au service d'une femme... d'une nièce que vous hébergez, que... vous aimez... dont vous voulez faire votre héritière. Et, alors le premier venu... une morveuse, qui n'a pas cinq ans, l'emportera sur vous. Ah! morbleu! j'ai eu une bonne idée de ne point faire la sottise de me marier! En vérité, je ne sais si cette engeance d'enfants ne m'eût pas fait perdre la tête, comme à cette femme, qui a du bon sens sur tous les points. Et quand il s'agit de cette pécore qui est à trois mille lieues d'ici, elle quitterait tout, même son oncle, pour courir comme une folle qu'elle est.

Son exaspération allant toujours croissant pendant ce discours qui se reproduisait invariablement, sa voix montait jusqu'au diapazon de la colère, au point qu'il était obligé d'aller respirer au dehors.

— Elle me donnera une attaque d'apoplexie, s'écriait-il ! Mais que lui importe ? elle a juré ma mort !

Ma mère, pendant ces boutades trop souvent répétées, songeait à secouer un joug devenu insupportable, et pendant quelques heures, elle faisait en imagination de sérieux apprêts de départ. Souvent, pour qu'il eût lieu en effet, il ne manqua qu'un bâtiment mettant à la voile. Mais en l'attendant, l'oncle s'était calmé, et cette résolution de la nièce l'abandonnait devant les larmes d'un vieillard habile à lui peindre la tristesse de son isolement.

— Encore quelque jours, lui disait-il, et je n'existerai plus, Voulez-vous, ma chère nièce, ma fille d'adoption, voulez-vous avancer le terme de ma vie par un abandon que vous expieriez de vos remords, croyez-moi?

Et ma bonne mère, moitié par affection, moitié par faiblesse, passa ainsi trois années à se promettre, chaque jour, que le mois suivant était le terme irrévocablement fixé pour son retour. Dieu seul peut savoir ce qui serait arrivé, si sa santé ne se fût trouvée gravement compromise, tant par l'ardeur d'un climat dévorant que par des contrariétés qui, à la longue, étaient devenues de véritables chagrins.

Elle ne regardait cependant point comme tel la perte de ce procès intenté aux héritiers de son père. Loin de là, pensant que le terme de cette affaire ôterait tout prétexte pour la retenir, elle en eut un accès de joie que son oncle prit en très-mauvaise part.

— Votre procès est perdu, et vous vous réjouissez, je sais pourquoi, lui dit-il : je n'aurais jamais pensé que ma conduite envers vous pût vous inspirer de la haine.

— Mon cher oncle, lui répondit ma mère, ne m'accusez pas d'une si noire ingratitude; croyez, au contraire, que je sens tout le prix de vos bontés. Mais ne voyez-vous pas que, malgré mes efforts de chaque jour, je me meurs loin de ma chère enfant?

— Allez donc la rejoindre, puisque ni mes cheveux blancs, ni mes prières, ni mes larmes n'ont pu vous toucher. Allez; mais souvenez-vous que vous n'avez plus d'oncle comme je n'ai plus de nièce. Je ne veux plus entendre parler de vous directement ou indirectement : ainsi, il serait inutile de m'écrire; non seulement je ne lirais pas vos lettres, mais je vous les renverrais.

Que votre séjour ne se prolonge pas davantage ici. *Le Bienfaisant* met à la voile... Demain soir ne soyez plus chez moi.

Pendant cette longue tirade prononcée d'une voix péniblement concentrée, annonçant une ferme résolution, ma mère était restée muette d'étonnement.

D'après le caractère de son oncle, il y avait plutôt à craindre une grande explosion de colère, que cet arrêt de bannissement qui laissait à peine la faculté de se reconnaître et le temps nécessaire pour réunir tout ce qu'elle possédait en linge, hardes, bijoux, etc.

Pendant ses préparatifs, son oncle venant à sortir de son cabinet, elle courut encore se précipiter à ses pieds, risquer une prière pour obtenir au moins sa bénédiction. Mais à sa première exclamation :

« Mon cher oncle ! » il l'interrompit par cette cruelle réponse :

— Il n'y a plus ici ni oncle ni nièce. Laissez-moi.

La froideur incisive dont il s'était armé en prononçant ces derniers mots rendirent à ma mère le sentiment de sa dignité. Malgré sa douceur habituelle, il était impossible que la conduite de son parent ne la révoltât point. Mais bientôt sa colère, si colère il y eut, se changea en pitié, et elle en vint à le plaindre d'une dureté et d'un égoïsme qui ne devaient produire autour de lui qu'abandon et tristesse.

Puis elle pleura sur elle-même, sur sa vie détournée pendant si longtemps de son véritable but, et elle ne comprit plus comment elle avait pu considérer comme vertu une faiblesse qui pendant trois ans l'avait séparée de son enfant.

Elle trouva donc en elle, et en raison de ce que maintenant elle jugeait être une éclipse d'amour maternel, une force et une adresse à disposer toutes choses dont elle ne se fût pas crue capable quelques instants auparavant.

Charles, bon petit nègre de dix-sept ans, l'aidait, en pleurant, à faire ses préparatifs, l'assurant qu'il mourrait dès qu'elle aurait quitté l'île.

— Emmenez-moi, maîtresse, répétait-il à travers ses sanglots.

— Hélas ! mon bon Charles, répondait ma triste mère, n'ajoute point à mes ennuis le spectacle de la douleur. Je te le jure, mon en-

fant, si j'avais ici l'argent nécessaire à ta libé-
ration, je t'achèterais pour t'affranchir, en ré-
compense de tes bons et loyaux services. Et
alors si, par le sentiment d'affection que tes
larmes m'expriment, tu voulais encore me
suivre, je t'emmènerais en France, un beau
pays...

— Oh! oui, vive la France! et vive la liberté! Que ce doit être bon de n'être pas
fouetté, et de se coucher quand on a la fièvre!

— Espère, Charles, compte sur moi. Tu
seras libre, je t'en donne ma parole.

— Que j'avais bien raison de vous aimer,
maîtresse, si douce aux pauvres nègres ; car je
ne suis qu'un nègre, et vous avez pitié de moi.

— Tu es l'enfant de Dieu, comme les blancs,
aussi cher au Créateur que je puis l'être.
Charles, tu es mon frère, plus agréable à notre
père commun, si ton âme est plus pure.

Un rayon de joie traversa le front bronzé de
l'enfant; et soit que la réflexion de sa maîtresse l'eût consolé, ou qu'une idée de son crû

eût tari subitement ses larmes, toujours est-il
que, de triste et larmoyant qu'il était tout à
l'heure, il pouvait à peine maintenant contenir le ravissement qui débordait de toute
son expansive physionomie. Mais Charles avait
le bonheur bruyant, et malgré les efforts de sa
maîtresse pour le rappeler à l'ordre, il faisait
mille contorsions, et multipliait, à la manière
des nègres, les gestes les plus énergiques et les
plus significatifs. Souvent il s'interrompait tantôt pour apostropher *le Bienfaisant* qu'il voyait
se balancer au loin dans le port, et lui prodiguait les expressions les plus caressantes, tantôt
pour simuler le départ du navire, sa vélocité
sur les vagues, le long espace parcouru avant
de toucher au but si ardemment désiré ! Et
enfin, sa prunelle dilatée semblait apercevoir... la France ! la patrie adoptée par cet
enfant qui n'en avait jamais eu. A cette image
fantastique que ses gestes savaient rendre vivante, l'abjection reprochée à sa race disparais-
sait par le sentiment sublime rayonnant sur

ses traits illuminés ; puis ils s'armaient de l'expression d'un profond dédain pour le sol de l'esclavage où son pied suspendu ne touchait plus qu'à peine, et qu'il repoussait avec mépris.

Dans le trouble de ses idées, Dieu sait ce qu'il n'eût pas mis dans les paquets de sa maîtresse, si celle-ci n'y eût veillé. Ce fut ainsi qu'elle sauva la vie d'un petit chat, fourré au fond d'une malle, dont elle retira en outre le costume magistral que portait son oncle en ses jours d'audience.

— Mais, Charles, criait-elle, sans colère toutefois, mais pour modérer des transports si nuisibles à l'achèvement de ses préparatifs, tu ne songes donc plus que je pars, que je te quitte, toi que mon départ devait faire mourir : c'était de joie à ce qu'il paraît.

Charles n'entendait plus rien ; quiconque l'eût vu gambader, se rouler en spirale à chaque entrée ou à chaque sortie de la chambre, n'eût pu s'empêcher de croire que le pauvre garçon avait perdu l'esprit.

Ce bonheur, aussi radieux qu'inusité, résista même à la séparation, ma mère seule en eut la tristesse, et partit le cœur gonflé de sanglots.

Ainsi, se disait-elle, les yeux fixés sur les vagues mélancoliques dans leur grandeur, j'aurai semé autour de moi la bienveillance et le dévouement pour recueillir, de la part de mon oncle, la colère et la haine; et par cet enfant que j'aimais, la légèreté, l'indifférence, presque l'ingratitude. N'importe, il me devra sa liberté. Il en sera si heureux! Cette idée n'est-elle pas suffisante pour ma propre satisfaction! En général les bienfaiteurs sont trop exigeants, c'est ainsi qu'ils font des ingrats.

Mais la sagesse de ses réflexions n'en diminuait pas l'amertume, et sur ce navire où elle voguait depuis deux jours, elle sentait la tristesse déborder dans son âme, lorsque Charles lui-même vint se jeter à ses genoux pour lui demander pardon de l'avoir suivie.

— Bonne maîtresse, disait-il en pressant ses genoux, punissez-moi, battez-moi; mais je vous en supplie, ne me renvoyez jamais.

D'abord elle fut troublée par l'idée que son oncle pouvait l'accuser d'avoir détourné cet enfant, de ce qu'on appelle le devoir, dans cette langue anti-chrétienne, qui permet à un homme d'en posséder un autre, corps et âme, à prix d'argent.

Mais au milieu de l'isolement où elle se trouvait, il lui sembla que le ciel lui envoyait ce soulagement. Après quelques jours d'une navigation sans incident remarquable, *le Bienfaisant* fut assailli d'une si violente tempête que matelots et passagers crurent toucher à leur dernière heure. Dans le moment du danger le plus imminent, Charles oublia le soin de sa propre existence pour ne songer qu'à préserver ma mère qui, en effet, lui dut la vie. Trop faible pour ne pas être superstitieuse, elle crut que la justice divine la poursuivait pour la punir de l'abandon où elle avait laissé son oncle qu'elle se représentait mourant et à la merci de mains mercenaires. Comme dans son délire elle s'accusait tout haut de ce qu'elle appelait son crime, Charles, avec un bon sens qui vengeait sa race des injures dont on l'abreuve, lui disait :

— Oh! maîtresse, est-ce que Dieu voudrait punir une mère qui va vers son enfant noir ou blanc? Si la mienne avait su où me trouver, elle serait bien venue aussi me chercher sans crainte du fouet ou de la mort. Et le bon Dieu lui aurait souri. Mais, pauvre mère, elle ne sait pas si elle a encore un Charles !

La voix du nègre, plaintive et uniforme comme celle des vagues, maintenant calmées, assoupirent par degrés les soupirs saccadés de ma mère, et ce fut sans autre aventure qu'elle arriva à Bordeaux et la semaine ensuite à Châlon, après une traversée de six mois.

Il y avait près de quatre années qu'elle en était partie.

Dans sa précipitation à atteindre le port si ardemment désiré, elle se donna une entorse, et elle en souffrit d'autant plus qu'il fallut qu'elle se résignât à m'envoyer chercher, au lieu d'accourir à moi de toute la vitesse de ses ailes maternelles.

CHAPITRE III.

J'avais près de sept ans, et mes plus loin-
tains souvenirs ne me reportaient qu'à l'é-
poque d'une maladie très-grave qui m'enleva
là mémoire des premières années de ma vie.

Je ne connaissais donc d'autre mère que
celle qui me soignait, d'autre lieu que le village que nous habitions, et que j'aurais cru
être le bout du monde si ma mère (ou plutôt
ma nourrice) ne fût allée à la ville deux fois
par semaine pour y vendre le produit du jardin et de la basse-cour.

Tous mes vœux se bornaient alors à con-

naître cette ville si fertile en gâteaux fins et su-
crés, et où l'on vendait de belles robes. Mais
j'avais beau prier, sur ce point ma nourrice
était inexorable; et comme sur d'autres je suivais toutes mes fantaisies, j'exigeais alors force
toilettes pour me dédommager ; car j'avais un
grand penchant à la vanité, et toute petite que
j'étais, mes vêtements excitaient déjà l'envie
des jeunes paysannes que je voyais à l'église
seulement; ma nourrice habitant un hameau
fort isolé.

Enfin, malgré ce désir incessant de voir
autre chose que ce que je connaissais, j'étais
aussi heureuse qu'un enfant puisse l'être. Je
ne savais pas très-clairement ce que signifiait
le mot richesse, quoique ma nourrice prêchât
toujours l'économie, en me répétant souvent
que nous n'étions pas assez riches pour acheter
tels ou tels objets dont j'avais envie. Il est certain que pour elle-même, elle s'imposait beaucoup de privations, et qu'à sept ans, j'étais déjà
initiée à quelques petites misères, provenant

d'une gêne à laquelle je n'étais pas étrangère.

— Mais comment, me direz-vous, Madame, cet état de gêne pouvait-il exister dans la maison d'une femme simple, économe, et à laquelle sans doute votre vraie mère devait payer une pension pour vous?

Voici ce que j'ai appris ultérieurement.

Tout était prévu, en effet, par ma mère pour subvenir aux frais de ma nourriture et de mon entretien. Ma nourrice n'avait qu'à se présenter chez le notaire pour y toucher l'argent dont elle pouvait avoir besoin ; mais elle n'y allait qu'à son corps défendant, et, le plus souvent, elle se contentait de demander des nouvelles de ma mère, en refusant obstinément même la somme allouée à mes petites dépenses personnelles.

Le notaire, fort honnête homme d'ailleurs, mais qui ne comprenait rien aux motifs de la bonne femme pour agir ainsi, se contentait de dire, sans approfondir davantage :

— Si vous n'avez pas besoin aujourd'hui,

reveniez plus tard. Madame Langeac se porte bien ; elle vous fait ses complimments.

Un de ces jours j'irai voir la petite.

Mais, à la grande joie de ma nourrice, ces jours furent si rares que je ne me souviens pas de l'avoir vu plus d'une fois ; encore, en petite sauvage que j'étais, ne voulus-je pas l'approcher.

Au reste, il en était ainsi de ma part pour tous les gens de la ville, qui, malgré mon admiration pour eux, m'inspiraient une terreur que je ne pouvais dominer.

Cette crainte, naturelle aux enfants de la campagne, produisait sur ma nourrice une illusion qui la ravissait.

— N'est-ce pas, me disait-elle en m'embrassant à m'étouffer, que tu ne voudrais pas être une demoiselle ?

Ah ! tu es bien ma fille, ma vraie fille ! mon trésor que personne ne peut me prendre, n'est-ce pas ?

Elle le croyait en effet si bien, que les lettres de ma mère la troublaient à peine dans sa possession de ma déjà très-volontaire individualité.

Les choses en étaient là, lorsqu'un jour le notaire, qu'elle s'appliquait à fuir depuis quelque temps, envoya un de ses clercs à la campagne exprès pour la chercher.

— Si c'est pour de l'argent, fit ma nourrice d'un air tout effaré, je n'en veux point.

— Non, c'est parce que madame Langeac arrive, elle a écrit de Bordeaux.

— Madame Langeac. Ah ! mon Dieu ! pauvre chère dame ! Mais non ; ce n'est pas possible !

— Pourtant sa lettre l'annonce.

— Sa lettre, sa lettre, qu'est-ce que ça dit une lettre ? Savez-vous qu'elle est à quatre mille lieues d'ici, la chère âme ?

Vous n'êtes pas allé à quatre mille lieues, vous, jeune homme.

Ni moi non plus, ni personne. On ne revient pas du fin bout du monde ; car on dit que ça finit là, qu'il n'y a plus rien après.

— Il est pourtant à croire que nous reverrons madame Langeac avant huit jours, reprit le jeune homme en riant. Mais avant, venez à l'étude de mon patron.

Elle s'y rendit en effet dès le lendemain, me laissant en proie à une vive curiosité. Ce nom de madame Langeac, que j'avais entendu prononcer pour la première fois par le clerc du notaire, me semblait contenir bien des choses en germe, surtout parce que ma nourrice m'avait paru effrayée de voir une personne qui revenait de quatre mille lieues.

Je pensais qu'à son retour de la ville, elle me conterait une histoire au moins aussi intéressante que les contes de fées qu'elle me redisait toutes les fois que je le voulais.

Mais, à mon grand déplaisir, elle revint si triste, que je ne pus rien lui arracher ce jour-là, si ce n'est ce qu'avait déjà dit le clerc de notaire, à savoir que cette dame arriverait probablement la semaine d'ensuite.

Je ne sais pourquoi, dans ma jeune imagination, j'assimilais cette dame à une grande femme que j'avais vue un jour de foire, dans une superbe robe brodée de paillettes, qui m'avait semblé la personne la plus riche et la plus heureuse du monde. Elle arrivait d'Amérique en droite ligne, d'où elle avait ramené le lion du Sahara et l'ours du Groënland.

Comme c'était la première fois que j'entendais parler autrement qu'en patois, j'avoue que cette éloquence de tréteaux m'avait fait une grande impression.

Cependant, à force d'importunité, j'avais contraint ma nourrice à me dire que je verrais la dame attendue, j'en étais donc très-impatiente.

Le samedi suivant, jour de marché, ma nourrice partit, comme à son ordinaire, chargée d'un lourd fardeau que je me promettais bien de partager avec elle quand je serais grande; et Dieu sait si le temps me durait d'en arriver là : c'était le moment de voir la ville !

Ce samedi, si fécond en aventures, elle re-

vint de bonne heure, et lorsque j'accourus à
sa rencontre, tant pour l'embrasser que pour
trouver dans son panier le biscuit de fonda-
tion, en levant ce bienheureux couvercle, je
fus comme éblouie d'une foule de gâteaux de
toute espèce, qui me firent pousser des cris de
joie. Au lieu d'y répondre, comme toujours,
avec ses vrais baisers de nourrice et son gros
contentement, elle s'éloigna de moi en poussant des sanglots ; je courus après elle ; mais
cette fois mes caresses n'eurent pas le don de
la calmer. Tout inondée de ses larmes, je re-
gardais mes pâtisseries d'un air piteux, n'osant
pas y toucher maintenant.

— C'est..... pour..... manger..... dans la
voiture, me dit-elle, en articulant avec tant de
peine qu'il semblait qu'elle allait étouffer.

Puis, toujours pleurant, elle alla tirer de
l'armoire ma plus belle robe des dimanches,
dont elle me revêtit sans pouvoir proférer une
parole, tant elle était suffoquée.

Au soin qu'elle donnait à ma toilette, en un

jour ouvrable, je compris que j'allais enfin aller à la ville ; mais je n'osais en témoigner la
secrète joie que j'en ressentais.

Il faut que Dieu l'ait ainsi voulu, puisque la
chose existe ; mais, dans l'enfance, il n'y a jamais de désespoir complet, au milieu des circonstances les plus tristes, des larmes les plus
amères, il y a toujours un sujet sinon de con-
solation immédiate, au moins d'une puissante
distraction. Aussi les pleurs de ma pauvre
nourrice commençaient à me toucher moins
que l'idée de mon départ. Quand je vis disposer tous mes effets en paquet, je me dis encore
que mon voyage serait long. Mais que devins-je
lorsqu'en me penchant au seuil de la porte,
d'où l'on voyait la route à une assez grande
distance, j'aperçus un véritable carrosse qui
s'avançait de notre côté. Je sentais que c'était
pour moi qu'il arrivait, sans m'en rendre bien
compte. Quelques minutes après, j'étais dans
cette *magnifique voiture*, à demi évanouie
toutefois, et poussant des cris épouvantables ;

car j'avais aperçu sur le siége la figure d'un nègre qui avait failli me faire mourir de peur.

Ce fut encore sous le coup de cette vive impression que je fus amenée à Châlon, dans une maison qui me parut si splendide, que je me crus transportée dans le palais d'une de ces fées dont ma nourrice m'avait parlé ; je n'avais pas assez d'yeux pour contempler les meubles, les glaces où brillait l'or de toutes parts. Je n'osais pas marcher sur le tapis à fleurs, que je croyais laissé à terre par mégarde, et j'avais bien envie de me mettre à genoux, comme dans la chapelle du village où ma nourrice me menait aux jours de fête. Enfin, tout me paraissait si merveilleux, que je respirais à peine, pensant que, comme dans certains rêves, mon premier mouvement allait faire évanouir la féerique vision. La vue du nègre vint cependant encore me bouleverser au point que j'oubliais toutes les merveilles dont j'étais entourée. Sans craindre désormais d'en troubler l'harmonie, je poussai des cris lamentables en me cachant dans le sein de ma nourrice, effrayée de l'état où elle me voyait.

C'est ainsi qu'elle m'apporta dans une chambre encore plus belle que les autres, dont je ne vous ferai point la description, attendu que pour moi ces fantastiques splendeurs furent effacées par un nouveau sujet d'admiration; toutes mes facultés s'étaient concentrées sur une belle dame, couchée tout habillée, sur un lit entouré de rideaux de soie. En nous apercevant, elle poussa un cri et s'élança pour venir à nous, quoiqu'elle parût très-souffrante d'une blessure à la jambe.

Jamais je n'avais rien vu de semblable à son costume et à sa figure; aussi mes yeux couraient-ils de sa robe de soie bleue aux boucles ondoyantes de sa chevelure noire, puis à ses belles mains, si différentes de celles de ma nourrice par leur petitesse, leur forme et leur blancheur; sans compter les diamants dont ses doigts étincelaient. Cette douce apparition m'étreignit de ses bras caressants.

Mais tout mon corps s'était raidi par l'effet inattendu de cette scène, et, ne me sentant plus protégée par mon refuge accoutumé, je poussai de nouveau des cris à faire trembler la maison. Cependant mes larmes, qui coulaient avec abondance, restèrent tout à coup suspendues au bord de mes paupières, par l'effet magnétique de la douce voix de la dame, qui m'appelait sa chère Séraphine, son enfant bien-aimée ; son accent et ses baisers me dirent qu'elle était ma vraie mère, même avant que ses paroles me l'eussent expliqué. D'instants en instants, je m'en sentais plus charmée, quoique ma nourrice ne pût faire un pas sans exciter mon inquiétude. J'avais entendu parler de son départ, que mes larmes conjurèrent. Ma mère finit, pour me tranquilliser, par lui ordonner doucement de ne point s'éloigner. Dès lors, je n'eus plus aucun souci, et je me livrai sans arrière-pensée à tous les bonheurs de ma nouvelle position.

Je me souviens encore, pendant cette pre-

mière journée, des efforts de ma charmante
mère pour me retenir sur ses genoux, d'où je
voulais toujours m'en aller, parce que mes
gros souliers, pleins de poussière, appuyaient
sur sa belle robe, objet de mon admiration.
Étant parvenue à lui échapper, j'allai bien
vite ôter ma chaussure, afin de courir pieds nus
sur les tapis.

Le soir, j'étais accoutumée. Quel bonheur !
demeurer *toujours* dans cette magnifique maison, avec la plus belle dame qu'il y eût au
monde ; et cette dame était ma mère ! Mes
rêves d'enfant, tout étincelants d'or et de pier-
reries, ne m'avaient jamais rien montré de semblable à cette réalité dans laquelle j'étais pour
ainsi dire immergée. Je ne comprenais rien
aux larmes de ma nourrice, qui continuaient
à couler, quoique ma mère lui eût donné des
robes neuves, plus belles que je ne lui en avais
jamais vu.

Vous pensez, Madame, que mon costume
fut bientôt analogue à ma nouvelle position ;

mais personne alors ne sut à quel point ma transformation était complète. Je rougis encore de le dire, mais ma première robe de soie cacha bientôt un cœur ingrat !

L'instinct presque maternel de ma bonne nourrice devina ce changement au moins en partie. Chaque jour, elle me voyait de moins en moins, et ses caresses étaient plus légèrement reçues; alors, ne se sentant plus *utile*, elle demanda à retourner dans son village. Ma mère, qui savait qu'elle nous sacrifiait son temps et négligeait ses affaires personnelles, me voyant habituée à son entour, crut qu'il serait mal de la retenir davantage; en conséquence, elle la laissa partir sans soupçonner son profond chagrin. Les domestiques de la maison, qui, pour la plupart, pèsent leurs services au poids de l'or, la crurent heureuse et la proclamèrent telle, parce qu'elle avait été largement payée; seule peut-être, malgré mon jeune âge, je pensais qu'elle me laissait la meilleure part de son cœur; ses larmes furtives, en me regardant à la dérobée ; ses étreintes, lorsque mes enivrements me permettaient d'aller près d'elle, me disaient assez les douleurs de la séparation ; aussi fût-ce de tout mon cœur que je la priai de venir me voir bien souvent. La recommandation était inutile ; pendant longtemps, une semaine ne pouvait s'écouler sans que j'eusse sa visite, accompagnée de galettes, d'œufs frais, des plus beaux fruits de son jardin ; enfin, de tout ce que j'aimais autrefois.

Mais à mesure que j'avançais en âge et que je fréquentais des personnes élégantes et parlant bien, j'éprouvais près d'elle une gêne que la présence des étrangers rendait encore plus grande : j'étais alors toute honteuse de m'entendre tutoyer par elle, et de la voir s'avancer avec ses grosses mains rouges pour m'embrasser : son teint hâlé, ses discours que je trouvais grotesques, sa voix rude et discordante, et plus que tout le reste, la grossièreté de ses vêtements n'étaient plus en harmonie avec mes nouveaux goûts. De temps en temps cepen-

dant, un remords me mordait au cœur, surtout quand je la voyais se désoler de mon air
qu'elle croyait triste, quand il était dédaigneux. Le ton d'inquiétude et d'intérêt dont
elle me demandait ce que j'avais, arrachait
quelquefois à mes lèvres une parole de tendresse
que je regrettais quand je voyais renaître la
joie sur ce tendre et rustique visage. Alors je
formais tout bas le vœu impie qu'elle cessât de
m'aimer... elle cessa seulement de me voir ;
mais il lui fallut beaucoup de temps pour en
prendre la résolution, tant cette âme simple
était inhabile à comprendre l'horrible défaut
qui s'appelle *l'ingratitude;* mais il n'y avait
plus de place dans mon cœur que pour ma
mère dont la grâce un peu paresseuse me char-
mait, et dont l'indulgence pour mes fautes allait
jusqu'à la faiblesse. Dieu sait si j'en abusais !
L'impunité me semblait assurée.

Bien que ma mère eût essayé pour moi de
tous les genres d'éducation, à dix ans j'étais
fort ignorante, mais je n'y pensais guère :

pourvu que je pusse me parer et suivre mes fantaisies, le reste m'était égal. Je sentais ma volonté dominer celle des autres, et j'avais du
plaisir à en faire l'essai : c'est ainsi que je fis
quelquefois renvoyer des domestiques dont le
seul tort était de m'avoir déplu. Il n'est pas
étonnant que je fusse haïe des subalternes à
cause des petites tyrannies que j'exerçais sur
eux. Pour une indisposition légère je me faisais
veiller toute la nuit, j'exigeais qu'on me portât
d'un lieu à un autre. Je faisais mettre la maison
sens dessus dessous pour une araignée ou une
souris que je n'étais pas très-sûre d'avoir vue.
Je voulais, je ne voulais plus, et puis je voulais
encore, souvent lorsqu'il n'y avait plus moyen
de me procurer l'objet désiré. Alors c'étaient
des pleurs, des colères, des trépignements qui
souvent me rendaient réellement malade. Ma
mère désespérée des signes qui se manifes-
taient, et que sa tendresse lui exagérait toujours, ne savait que faire. De là je prenais occasion de me faire acheter les jouets les plus dis-

pendieux et les toilettes les plus extravagantes.

Pour que vous ne me preniez pas en horreur, Madame, et que vous m'accordiez la pitié
que toute personne sage doit à un enfant gâté,
je dois vous dire, pour disculper ma pauvre
mère, et pour m'absoudre à vos yeux, que j'a-
vais de bons moments, des éclairs de sensibilité vraie, et un fond de générosité tout à fait
distinct de l'ostentation qu'on me reprochait
presque tout haut, et dont ma mère seule était
la dupe. Quand la misère se présentait à ma vue
(et ce spectacle n'est jamais rare), un bon mouvement me portait toujours à donner, puis une
vanité puérile, le plaisir de jouer un rôle, me
faisaient chercher une galerie pour applaudir
à ma bonne action. Rien ne m'était plus
agréable, lorsque je me trouvais avec mes compagnes de jeux et de promenades, que d'affec-
ter des airs indépendants et désintéressés. Il
m'arriva un jour de rencontrer une petite fille
à demi vêtue avec des haillons, et qui, toute
grelottante, vint près nous, enfants riches et

joyeux, pour voir s'il n'y aurait pas quelques
sous ou quelques miettes de pain blanc pour
elle. Je vois encore toutes ces enfants se dire :
je demanderais à maman, si j'osais... Les plus
émancipées lui donnèrent tout ce que contenait
leur petite bourse, tandis que moi je l'affublai
majestueusement de ma palatine et de mon
manchon.—Ah ! qu'elle est heureuse de ne pas
avoir peur d'être grondée, dit l'une ! — Qu'est-
ce que dira sa maman ? disait une autre. — Elle
est donc bien riche? reprit une troisième. J'é-
tais heureuse d'avoir excité l'étonnement et
l'envie ! Une autre fois, j'achetai toute la cor-
beille d'une marchande de gâteaux pour les
distribuer à de petits enfants qui les regardaient
d'un œil d'envie. En rentrant à la maison, je
racontais ce que j'avais fait; ma mère, attendrie, me louait de mon bon cœur, et faisait
elle-même rechercher mes protégées pour continuer ma bonne action d'une manière plus à
leur convenance.

Lorsque je me livrais à mes fastueuses libéra-

lités, et que je me donnais de grands airs, il m'é-
tait très-agréable d'avoir à ma suite mon nègre.

Ce bon Charles, autrefois l'objet de ma
terreur, aujourd'hui celui de ma prédilection
tant par sa douceur qui ne se démentait jamais
dans mes plus étranges caprices, que par le
plaisir de penser que j'étais la seule petite fille
de la ville qui fût accompagnée d'un nègre.
J'aimais à voir tous les yeux se fixer sur moi,
et à penser que le contraste de sa figure noire
avec ma fraîche toilette ne contribuait pas peu
à la faire ressortir.

Pourtant, je ne me dissimulais pas que certains regards n'étaient pas très-bienveillants,
et que, par mes airs de hauteur, j'attirais le
blâme sur ma bonne et trop faible mère.

Mais les personnes qui fréquentaient notre
maison et mangeaient à notre table, n'avaient
pas assez d'éloges pour mon élégance et ma
piquante originalité. (On appelait ainsi mon
impertinence.) Aussi me présentais-je intrépi-
dement à leurs flatteries banales et de mau-

vais goût que j'écoutais toutefois avec plaisir, tout en ayant un secret mépris pour ceux qui me les adressaient.

Enfin, le temps qui n'est jamais complice des mensonges, et qui porte dans les plis de son manteau des leçons aussi rudes qu'imprévues, devait abattre les bouffées de vanité qui eussent corrompu mon cœur en obscurcissant plus longtemps ma raison. L'épreuve fut aussi âpre que longue et justement méritée.

Les grandes catastrophes ont souvent des signes précurseurs. Depuis quelque temps, je voyais ma mère s'assombrir, et bien que je ne *voulusse* pas qu'elle fût triste, elle le devenait chaque jour davantage; j'en étais très-affligée, et comme chez moi la douleur avait le caractère de la colère, j'en devins plus insupportable que jamais.

Attribuant, non sans raison, le changement de sa physionomie au concours inusité des gens d'affaires qui assiégeaient notre maison, je pris le parti d'être hargneuse avec eux, et je ne remplissais pas mal l'office d'un chien grondeur et mal élevé, en me jetant en travers des malencontreux visiteurs, afin d'en garantir ma mère : mes cris alors ne cessaient pas jusqu'à ce que, de gré ou de force, on m'eût fait sortir de la chambre.

Ma garde, aussi vigilante qu'incongrue, ne put empêcher l'éclat du malheur qui nous menaçait. Avant de le connaître par son nom, j'en pressentais la profondeur puisque le désespoir de ma chère et tendre mère rejetait toutes les consolations, sous quelque forme qu'il me plût de leur donner ; tendresse, exigence et même plaisanterie, n'avaient aucune prise sur son affliction profonde.

— Mon enfant, me dit-elle enfin un matin, au milieu de ses sanglots, il faut que tu le saches : nous sommes ruinées ! O mon Dieu ! qu'allons-nous devenir !

Ruinées ; ce mot n'avait pas pour moi de sens très-précis ; depuis quelque temps, j'avais bien deviné qu'il y avait un changement dans notre fortune par le nombre de créanciers que ma mère renvoyait sans les payer; mais ordinairement, quand nous n'avions plus d'argent, il en arrivait toujours, et je ne pus d'abord comprendre que la source où nous puisions fût tout à fait tarie.

Mais quand ma mère m'eut expliqué ce que c'est qu'une faillite, et comment le dépositaire de toute notre fortune, en prenant la fuite dans les circonstances les plus désastreuses, nous laissait sans ressources, je compris si bien qu'il me sembla voir la terre s'entr'ouvrir pour m'abîmer : ma vue se troubla et mes jambes chancelèrent au point que je fus obligée de chercher un appui pour ne pas tomber. Puis, avec une promptitude de pénétration qui m'étonne encore aujourd'hui, je sentis toutes les conséquences de cette fatale révélation.

Adieu parures luxueuses et trop souvent renouvelées! Adieu promenades à pied ou en voiture destinées à les étaler et à exciter l'admiration qui me rendait si vaine!

Quelle honte! de paraître vêtue comme ces
enfants que je méprisais autrefois pour leurs
vêtements fanés et déchirés! Moi si choquée
du mauvais goût et de la mesquinerie, tomber
dans la pauvreté, c'était affreux!

Qu'allaient dire, en voyant notre abaissement, telles ou telles petites filles que j'avais
humiliées par mon air superbe et dédaigneux?
Quel triomphe pour ces domestiques dont, par
mes impertinences, je m'étais fait autant d'ennemis!

Toutes ces pensées traversèrent mon esprit
en moins de temps que je n'en mets à vous le
raconter, Madame.

Dans certains moments, je ne pouvais croire
à la vérité de ce malheur aussi subit qu'inattendu. Dans d'autres, tout en adorant ma mère,
je l'accusais secrètement d'imprévoyance et
de prodigalité. Parce qu'en effet elle ne pouvait connaître une misère sans la soulager, et
comme il y en avait beaucoup, elle donnait
au delà de toute mesure; ne s'étant jamais

doutée que pour avoir le droit d'être généreux quelquefois, il faut avoir la force d'être économe toujours. Aussi quel déficit dans son budget, et quel abîme creusé sous nos pas!

Lorsque les voix avides de publier une mauvaise nouvelle eurent colporté pendant quelques jours celle de notre désastre, la nuée des créanciers s'abattit sur notre pauvre maison. Furieux de perdre leur argent, ils ne ménageaient guère leurs expressions contre cette facilité de contracter des dettes. Combien de fois le mot vol vint frapper mon oreille étonnée.

Un jour, il en vint plusieurs à la fois, très-mal disposés pour ma mère. J'augmentai encore leur mauvaise humeur en me présentant dans un costume trop élégant sans doute, puisqu'il ne m'appartenait pas; seulement il datait d'avant notre déchéance. Mais l'apparence du luxe est ce que les perdants tolèrent le moins.

— On ne pare pas sa fille aux dépens d'autrui, dit l'un, et quand on n'a pas d'argent pour payer une robe de soie, on porte une robe de toile.

— Et l'on ne prend pas dans la poche du voisin pour payer ses nègres (si on les paie toutefois), dit un autre.

— Quant à moi, s'écria un troisième avec colère, je donnerais bien encore quelque chose de ma bourse pour faire mettre en prison ces belles princesses. Il y a assez longtemps que ce petit paon (et il me repoussa avec mépris), faisant continuellement la roue, offusque mes yeux!

—Enfin, dit un autre, que la passion dominait moins que les précédents, les paons font leur métier en déployant leur plumage : tout leur mérite est là. Mais nous, ne sommes-nous pas des dindons qu'on a plumés, qu'on plume, et qu'on plumera toujours sans que nous méritions d'être plaints. Pourquoi nous laisser prendre par le clinquant des oripeaux, souvent même par l'insolence des manières? Nous tremblons pour un crédit de cinq sous fait à un honnête homme aux habits râpés, et nous nous mettons à genoux devant des intrigants bien vêtus, qui nous emportent pour trois mille francs de marchandise.

— Oui, oui, c'est vrai, criaient-ils tous en chœur ; mais ici les choses n'iront pas comme cela, il faut qu'on nous paie... sinon...

Telles étaient les scènes que nous subissions presqu'à chaque instant, malgré l'inaltérable douceur de ma mère qui mettait à les subir la grâce et la politesse dont elle ne se départait jamais, même avec les plus grossiers.

Dans sa douleur navrante, elle ne songea pas à rien réserver pour nos besoins, ce qui fit que, dès la première semaine, nous vîmes emporter linge, meubles, argenterie, bijoux, etc., sans apaiser la cupidité des uns, et les justes plaintes des autres. Nos domestiques sortirent de la maison, pour la plupart, sans avoir touché leurs gages ; mais non sans avoir témoigné leur mécontentement. Si de bonnes et douces paroles eussent pu leur suffire, ils seraient partis contents, car leur pauvre maîtresse aurait voulu leur partager sa vie. Notre bon Charles pleurait, et ne voulait point la quitter. Ce fut une des plus grandes douleurs de ma chère mère, que cette séparation, et le bon nègre en fut si touché qu'il ne voulut servir personne dans ce pays. Il alla chercher fortune à Paris, afin, disait-il, de pouvoir un jour être utile à sa chère maîtresse.

J'en reviens à notre position d'autant plus triste, que ma mère, malgré ses velléités de travail, était complétement incapable de se tirer d'affaire ; qu'il y eût de sa faute où non ; ce n'était pas le moment de le discuter. Elle appartenait, par sa nature, à cette classe d'êtres qu'un revers de fortune réduit à la plus cruelle des nécessités ; celle de recevoir ce que les gens victimes de son incurie appelaient une *aumône*.

Si ma mère bien-aimée avait eu à souffrir les affronts de gens que son ineffable douceur n'avait pu désarmer ; jugez, Madame, quels affronts ma nature revêche dut m'attirer ! J'en étais si malheureuse, qu'il me semblait avoir épuisé la somme des douleurs qui m'étaient réservées, lorsque ma mère, après avoir vu emporter les derniers débris de notre mobilier, m'apprit, que, n'ayant plus d'asile, nous allions aller demeurer chez madame Deligny. Je crois que l'annonce de la mort m'eût semblé moins cruelle. Madame Deligny, dont la fidèle amitié, il faut le dire, ne s'était pas démentie depuis notre malheur, était une grande vieille femme, droite, sèche, jaune, à la voix rude et cassante. Elle avait le malheur d'avoir un ton et des manières qui semblaient faites pour rendre désagréables les solides qualités que chacun lui reconnaissait. Rien d'elle ne me plaisait, pas même l'intérêt que, pourtant, j'aurais dû être heureuse de lui inspirer. Depuis longtemps, tremblant sous son regard sévère qu'aucune tendresse ne tempérait jamais, je me sauvais dans ma chambre dès que je la voyais arriver, me souciant peu de m'entendre appeler enfant gâtée, enfant mal élevée. Ma mère, elle-même, malgré ses efforts pour dissimuler ses propres impressions, pleurait aussi, je le supposais au

moins, sur la nécessité d'être à la merci de madame Deligny. Mais nous n'avions pas le choix
des moyens d'assurer notre sort. Il fallait baisser la tête et céder, je le fis de très-mauvaise
grâce.

CHAPITRE IV.

Il est impossible de se figurer une personne moins agréable que madame Deligny, dans un gîte d'un aspect plus maussade que celui où nous allions demeurer. Je n'avais jamais mis les pieds dans le quartier retiré où se trouvait sa maison, sans me sentir prise d'un malaise. Ce n'était point la demeure du pauvre, ornée par son travail et égayée du sourire de ses en-fants; chez madame Deligny, tout était vieux et noir, dans une maison vieille et noire, où le jour ne pénétrait dans chaque pièce que par une seule ouverture; encore était-il intercepté par des volets pleins qui ne s'ouvraient qu'une

fois ou deux chaque année. Dans ces jours-là,
on faisait semblant de secouer la poussière ac-
cumulée systématiquement, afin de ne rien
déranger à l'ordre immuable établi depuis cinquante ans. Il fallait d'autant moins y toucher
que les meubles séculaires tombaient de vétusté
au plus léger déplacement. Il n'y avait d'apparence de vie, dans les chambres nombreuses
du bâtiment vaste, aplati et humide, qu'une
foule de papillons se nourrissant aux dépens
des vieilles tapisseries le plus joyeusement possible. Ils travaillaient à cette œuvre de destruc-
tion depuis trop longtemps pour qu'on son-
geât à les déranger.

Le palais de la Belle-au-Cois-Dormant, moi-
sissant depuis un siècle, ne sentait pas plus que
cette maison l'odeur de renfermé, au moment
du réveil de ses habitants.

Et c'était la seule porte qui nous fût ouverte dans notre malheur. La perte de notre
fortune avait entraîné celle de nos autres amis.

Je sentais ma mère de plus en plus anéan-

tie ; moi, j'étais exaspérée, malgré ses efforts
pour me calmer.

Rien n'est plus vivant dans mon souvenir
que le jour où nous quittâmes notre *chez nous*,
après un déjeuner des plus modestes, préparé
par les soins de ma mère, exprès, je crois, pour
retarder l'instant du départ. Et pourtant, d'un
autre côté, elle avait versé tant de larmes en
voyant nos chambres veuves de leurs meubles,
et de tout ce qui, naguères, répondait si bien à
ses goûts élégants et délicats.

Explique qui pourra cette contradiction qui
faisait qu'en cet instant, si elle n'y voulait point
demeurer, elle voulait encore moins s'en aller.

Il fallait enfin prendre ce dernier parti, et
nous rendre, même par une pluie battante,
dans ce gîte, véritable bienfait de la Providence;
mais quelle forme elle avait prise pour nous
venir en aide. Grand Dieu !

Il faut avouer que le ciel gris d'une froide
journée du mois de novembre ajoutait tellement
sa tristesse à cette déjà si triste maison, qu'une

autre enfant à ma place eût certainement pleuré en y entrant.

Vous ne serez donc pas étonnée, Madame, si grâce à la pluie et à mes larmes j'avais véritablement l'air d'une naïade au moment où madame Deligny se présenta pour recevoir ma mère, non sans une grâce courtoise, malgré la ·raideur de son maintien et la sécheresse naturelle de sa parole.

Nous entrâmes dans le salon, où je pus aller cacher mes pleurs dans le coin le plus obscur d'une cheminée à l'opposite de l'unique fenêtre de cette grande pièce.

L'âtre était chargé de bois vert qui fumait sans dégager la moindre flamme. J'attendis longtemps et en vain ce pétillement d'un bon augure pour quiconque a froid et n'ose bouger. Mais je n'entendais que le bouillonnement plaintif de la sève qui s'échappait ruisselante à l'extrémité des bûches. Il me semblait qu'une âme révélait sa souffrance sous cette écorce inerte, et toutefois je l'estimais heureuse d'oser faire entendre sa voix, et de pleurer ostensiblement, tandis que je dévorais mes larmes derrière un écran à demi rongé par les vers. Cependant on me laissait en repos, pour m'accoutumer, disait-on, tandis que ma mère écoutait, presque sans donner la réplique, le récit de toutes les économies pratiquées par madame Deligny, avec une persévérance digne du succès qu'elle en avait obtenu. Or, il fallait bien en convenir, si elle eût agi avec la même imprévoyance que ma pauvre mère, il lui eût été impossible de nous offrir un asile ; mais elle insista tellement sur ce point, qu'il me vint sur la langue de lui dire que je voudrais être dans la rue, malgré la pluie que fouettait contre les vitres une violente rafale en ce moment.

Je ne dis rien, et nous fûmes abritées contre la tempête, ce qui valut mieux que de donner cours à ma mauvaise humeur par une saillie impertinente.

Un seul être semblait se délecter dans cette atmosphère étouffée ; c'était un affreux carlin

qui montrait toujours les dents, même en dor-
mant. De temps en temps, sa maîtresse interrompait ses récits monotones, pour l'apostropher amicalement et faire remarquer ses beautés
et ses vertus endormies sur un vieux petit ma-
telas douillettement recouvert d'une fourrure
moëlleuse. On me fit déranger deux ou trois
fois pour l'approcher ou le reculer, sinon du
feu, au moins du foyer, et je prévis qu'une de
mes occupations serait d'ouvrir et de fermer la
porte sur cette intéressante bête ; mais je me
promis bien de faire la sourde oreille, n'étant
point d'humeur à être la servante de qui que
ce fût, et surtout d'un animal si déplaisant.

Cependant je ne m'étais point rendu compte
de ce qui m'était le plus antipathique de Médor
ou de sa maîtresse, ou d'une femme de chambre
qui allait et venait si discrètement qu'elle semblait plutôt glisser que marcher sur le parquet
disjoint du salon. Outre cette espèce de facto-
tum qu'on appelait Marguerite, le personnel de
service se composait encore d'une vieille cuisi-

nière inabordable quand elle avait la tête sur son
fourneau; puis d'une jeune paysanne chargée
de la grosse peine et de la culture d'un petit
jardin. Par un heureux contraste, cette dernière était aussi joyeusement épanouie que
toutes les autres me semblaient tristes et sévères. L'empreinte de la gaieté était si profondément stéréotypée sur son large visage, que
quand elle pleurait, ce qui était fort rare, on
croyait encore voir le sourire sous ses larmes.

Enfin l'heure de se retirer était arrivée; et
Marguerite, avec force démonstrations res-
pectueuses pour ma mère, et familièrement
amicales pour moi, nous conduisit dans un
énorme galetas à deux lits, où elle nous laissa
sur une table boiteuse une sordide chandelle
dont la clarté était complétement absorbée
par le fond bruii d'une tapisserie aux dessins
presque incolores.

Puis nous restâmes seules...

Autant mon chagrin ou ma colère avait été
comprimée pendant cette longue journée, suivie

d'une soirée plus longue encore, autant l'explosion en fut bruyante dans notre tête-à-tête.
Ma mère effrayée perdit ses remontrances, ses
supplications et même ses larmes sans me
calmer. Je jurai, en frappant du pied et en
m'arrachant les cheveux, que tant que je serais
dans ce détestable taudis, je n'obéirais à qui
que ce fût au monde.

— Oh! mon enfant, ma chère fille, répétait
ma mère en pleurant, qui t'aimera avec un
semblable caractère?

— Je ne veux pas être aimée : non, non, je
veux me faire craindre de cette fille; son ton
doucereux m'est insupportable !

— Folle que tu es, aimes-tu mieux qu'elle
te rudoie?

— Qu'elle y vienne! Je ne veux pas être
son égale! Je ne veux pas être menée par elle...
Je ne veux pas...

Tout mon courroux tombait sur cette pauvre
Marguerite, parce que je n'osais l'exhaler
contre madame Deligny, dont ma mère me

vantait la généreuse conduite, et qu'elle me
suppliait de respecter, au moins pour l'amour
de Dieu, pour l'amour d'elle-même.

Cette scène violente, qui se prolongea une
partie de la nuit, ajouta au désespoir de ma
mère la crainte d'un éclat entre madame Deligny et moi. Connaissant l'inflexibilité de
sa terrible amie, elle redoutait mes empor-
tements. Aussi, quels motifs d'excuse ne
trouvait-elle point dans ma santé, en réalité
très-florissante! Que de signes alarmants ne
voyait-elle point sur mon visage pâle ou co-
loré? Que de raisons pour craindre le froid,
le chaud, l'humidité, le soleil, le repos et l'ap-
plication!

Pour comprendre ce qui se passait en elle,
il fallait la voir, dans les premiers jours de
notre installation, me suivre des yeux du cœur
pendant que je travaillais en présence de
madame Deligny. Rien ne peut donner l'idée
de ce qu'elle dépensa d'amour maternel, d'une
part, en coups d'œil significatifs, en gestes

suppliants; tandis que, d'un autre côté, elle se confondait en excuses sur mon inaptitude et courait au devant du reproche.

— C'est ma faute! disait-elle; c'est à moi qu'il faut s'en prendre. Mais il y a tout à espérer : elle fait déjà mieux.

Plus j'étais touchée de cette abnégation, plus je me sentais irritée contre madame Deligny. Je dois dire cependant que, malgré les airs capables ou indifférents que j'affectais en recevant ses leçons ou ses reproches, sa sévérité m'imposait et me gênait bien un peu, quoique pour rien au monde je n'eusse voulu en convenir.

Mais il était difficile d'entendre cette voix haute et brève, de voir ce geste impérieux, sans ressentir une sorte de crainte qui me rendait ensuite furieuse contre moi-même. Aussi, comme je me dédommageais ensuite de cette contrainte!

Si Marguerite osait me faire une observation, quelque juste qu'elle fût, comme je la recevais!

D'ailleurs je la détestais, cette Marguerite ! n'était-ce pas elle qui, comme un écho, allait reporter toutes mes paroles et travestir toutes mes actions?

A vrai dire, la haine dont je l'avais tout d'abord gratifiée provenait peut-être moins de la malice et de l'hypocrisie que je lui supposais, que de l'amitié que madame Deligny avait pour elle.

La même raison m'avait armée contre le chien, que je m'amusais à poursuivre, en le qualifiant de toutes les injurieuses épithètes que j'aurais voulu donner à sa maîtresse.

Un matin que j'avais entraîné ce pauvre animal qui n'en pouvait mais, tout au fond du jardin, pour me dégonfler, en déchargeant sur lui ma mauvaise humeur par un surcroît d'invectives, j'accrochai en courant ma robe à une branche de rosier. Il se fit un grand trou dans l'étoffe, et, jugez de mon effroi, madame Deligny m'avait vue! J'eus à subir un sermon long et rude, dont la conclusion fut que je serais privée d'une récréation pendant laquelle je raccommoderais ma robe ; le pis, c'est qu'il m'était enjoint d'aller faire ce travail près de Marguerite. Je m'y rendis de la plus mauvaise grâce du monde. Et au lieu de lui demander poliment ses conseils, ainsi que me l'avait prescrit madame Deligny, je m'assis bruyamment dans la salle basse où travaillait Marguerite, sans lui dire un mot et même sans la regarder. Mais je crus lui imposer beaucoup, autant par la hauteur de mon maintien que par mon air assuré et capable, en examinant la besogne que j'avais à faire.

Elle me regarda longtemps tourner et retourner ce malheureux accroc béant, dont je recollais les bords sur ma main sans savoir au juste de quelle manière je pourrais les rejoindre avec mon aiguille ; mais comme il fallait en finir, pour ne point perdre de mon assurance, je me hâtai de faire une espèce de couture n'importe comment.

— Vous vous y prenez mal, Mademoiselle,

me dit-elle avec cette inaltérable douceur qui, plus que tout, avait le don de m'impatienter.

— Cela ne regarde personne, repartis-je.

— Ne parlez pas si haut, Mademoiselle; si Madame vous entendait...

— C'est comme si elle m'entendait, puisque vous ne manquerez pas de faire votre métier de rapporteuse.

— Je vous parle dans votre intérêt, Mademoiselle.

— Oh! oui, dans mon intérêt! Mais de quoi vous mêlez-vous? De quel droit une domestique ose-t-elle me dire que je fais mal?

— *Une domestique*, fidèle à remplir ses devoirs, vaut mieux qu'une demoiselle, *fût-elle* riche, quand cette demoiselle manque aux siens.

Je devins pourpre à cette allusion faite à ma pauvreté, et je m'empressai de riposter, en pleurant de rage, qu'au moins je n'étais pas encore assez malheureuse pour lui devoir quelque chose.

— Peut-être, reprit Marguerite avec calme. Mais, Mademoiselle, quand je n'aurais pas eu le bonheur de vous rendre service, vous saurez bientôt, comme je le sais moi-même, qu'*on a souvent besoin d'un plus petit que soi.*

Je n'étais pas capable d'entendre la raison ; et je ne sais jusqu'où ma mauvaise tête m'eût emportée, si madame Deligny ne fût arrivée ; mes larmes cessèrent subitement, mais ma figure renversée disait assez ce qui venait d'avoir lieu.

— Qu'y a-t-il, Marguerite? demanda-t-elle avec une émotion de colère.

Marguerite dit ce qui s'était passé avec une exactitude et une vérité que je ne pus m'empêcher de remarquer, tant elle était exempte de passion.

Madame Deligny, jugeant que j'avais offensé Marguerite, exigea que je lui demandasse pardon.

—Moi! moi! m'humilier ainsi? devant une servante! jamais...

On ordonna, ma mère pria. Tout fut inu-

tile. Je restai inébranlable, malgré la punition
que je sentais suspendue sur ma tête rebelle.

Elle ne se fit point attendre ; il fut décidé
que l'on me renfermerait dans une chambre
isolée, tout au fond du jardin, et que j'y pas-
serais mes journées jusqu'à ce que j'eusse con-
senti à demander pardon.

J'entendis mon arrêt avec une stoïque im-
passibilité, et je me crus une héroïne, dont je
gardai la fière contenance pendant le trajet
assez long qu'il y avait à parcourir pour arriver
à la chambre qui devait me servir de prison.

Là, je fus enfermée à double tour, puis laissée à ma mauvaise conscience ; quelques instants après cependant, on rouvrit cette porte
dont l'énorme clé rouillée criait dans la ser-
rure ; alors je vis une main qui déposa mes
livres classiques et un ouvrage de broderie à
l'entrée de ma prison. Je ne pus assigner la personne à qui cette main appartenait : aussi me
demandai-je si c'était une nouvelle punition
ou un soulagement qui m'arrivait ainsi. Je ne

pris pas seulement la peine d'aller près de ces objets restés à terre.

Dans cette solitude où j'avais tout le temps de rêver, je pus m'imaginer que, comme une de ces belles princesses de mes contes de fées, je gémissais sous la puissance de la plus méchante parmi ces esprits malfaisants. Or, vous pouvez vous figurer, Madame, tout ce que me suggéra ma réclusion, et combien de fois j'épuisai contre mes persécuteurs tout mon répertoire d'épithètes injurieuses. Ce débordement de bile eut pour effet de me calmer; mais j'étais harassée de fatigue. Le sommeil me gagnait, lorsqu'à l'heure du déjeuner, la grosse fille de peine, avec sa figure réjouie si mal à propos, vint m'apporter un morceau de pain et un verre d'eau; je me réveillai pour jeter le tout par la fenêtre, au grand étonnement de Catherine, qui s'éloigna en haussant les épaules.

Contente de cet exploit et fière d'avoir conservé ce que j'appelais ma dignité, j'en jouissais même toute seule en me donnant une contenance ferme et arrogante. Tout en me promenant à grands pas dans ma prison, je formai mille projets que j'abandonnai les uns pour les autres, et les uns après les autres.

D'abord, je pensai faire éprouver à madame Deligny une grande contrariété en ne voulant plus quitter cette chambre où l'on m'avait enfermée; il m'était doux de lui répondre, quand elle viendrait m'en ouvrir la porte, *que ma solitude me plaisait plus que sa compagnie.* Je répétai cette belle phrase dans tous les tons afin de lui donner une plus grande portée.

Mais quand les ombres de la nuit viendraient s'étendre sur ces murs déjà noirs en plein jour, quand j'entendrais les gémissements du vent dans les grands arbres! être seule, absolument seule! Personne pour venir à mon secours, si la frayeur m'arrachait des cris! Moi qui trouvais déjà le roucoulement des tourterelles un bruit sinistre, que pourrais-je alors devenir? Je frissonnai de la tête aux pieds,

et passai bien vite à une autre vengeance. Alors
si je m'enfuyais de la maison, de cette maison
détestée? Après avoir mis les serins en liberté,
coupé les oreilles au petit chat et fait un grand
trou dans la tapisserie qu'achevait madame
Deligny, j'emmènerais Médor, le chéri de
toute la maison, dont je me ferais une sauve-
garde!

Ce plan, qui tout d'abord me semblait très-
bon, avait l'inconvénient de faire de moi une
espèce de vagabonde, puisque je ne savais où
aller, n'ayant point d'argent. Dans la seule
pensée d'une nuit à la belle étoile, loin des
habitations, il y avait de quoi me glacer d'é-
pouvante; je me souvenais de certains endroits
où, même dans la compagnie de ma mère et
en plein jour, je n'osais pas regarder; je ne
m'arrêtai donc pas plus à cette vengeance
qu'à la première.

Mais voici que j'en tiens une autre, bien
meilleure et bien plus sûre :

Me laisser mourir de faim ! Ce fut à ce beau

projet que je m'arrêtai avec le plus de com-
plaisance ; il me paraissait incomparable dans
les résultats et facile dans l'exécution ; il ne
s'agissait que de poursuivre ce que j'avais déjà
commencé. N'avais-je pas entendu dire qu'*il
n'y a que le premier pas qui coûte*. Ce premier pas était fait, puisque j'avais jeté mon
déjeuner par la fenêtre.

Confiante dans la vérité de cet axiome, je me
livrai sans réserve au bonheur de penser à
madame Deligny entrant dans ma chambre,
et me trouvant inanimée.

— Quels cris ! quels regrets ! quels remords
pour sa vie entière ! Pour augmenter l'horreur
de sa situation, j'y ajoutais les reproches de ma
mère et les clameurs de toute la ville.

« Voyez-vous, se dirait-on, cette méchante
madame Deligny qui a causé la mort de cette
charmante petite fille, si gracieuse, si élé-
gante, si... » Je m'arrêtai subitement, me rap-
pelant l'opinion que quelques personnes
avaient manifestée ; je coupai court à l'énu-

mération de mes vertus et de mes charmes.
« Enfin, n'importe!... ajoutai-je » : car je
pensais que tout ce qui était peu flatteur pour
moi disparaîtrait devant cette grande mani-
festation qui s'appelle la mort!

C'était donc une bien bonne idée que j'avais
là; je la retournai sous toutes ses faces, je la
distillai dans toutes ses conséquences. Je me
fis des funérailles magnifiques, où je n'épargnai rien; car madame Deligny était con-
damnée à en faire les frais en expiation de son
crime. Rien n'y manquait, ni le son lugubre
des cloches, ni les fleurs, ni les parfums, ni
les jeunes filles vêtues de blanc. Et des chants
funèbres! et des larmes! et des cris à troubler
vivants et morts!

A mes yeux, le seul défaut de ce beau spectacle, c'était l'impossibilité où je serais d'en
être témoin; et cependant je ne pouvais rien
changer à ma condition de morte, sans dimi-
nuer l'intérêt que j'attirais sur moi, à grand
renfort d'effets si habilement calculés.

Ah ! si je pouvais seulement ouvrir le coin d'un œil, pour apercevoir la clarté des milliers de bougies parfumées qui se consumeraient tristement dans l'église, à mon intention !

La tête pleine de cette saisissante fantasmagorie, j'entendis les pas de Catherine, dont la présence chassa les flots d'harmonie suggérés par mon imagination. Rappelée à la réalité, je ne vis plus... qu'une excellente soupe aux choux !

Quelle chute ! mais que cette soupe me semblait souhaitable ! et quel effort il me fallut pour dire fièrement, non sans en détourner la vue :

— Je n'en veux point !

—Ah bah ! s'écria Catherine au comble de la stupéfaction, en songeant à mon long jeûne. Quoique ça fera quand vous ne mangerez pas ? Faut pas vous imaginer que Madame en démordra. J'ai entendu qu'elle disait comme ça à vot' maman : qu'elle était plus grande que vous et plus raisonnable, et que vous céderiez, ou que vous diriez pourquoi ! C'est pas si difficile de demander pardon à une bonne fille comme la Marguerite, sans compter que ça vous ferait beaucoup d'honneur, parce qu'on verrait que vous n'êtes pas fière. Votre réputation serait refaite, et ce ne serait pas dommage, allez !

La fin du discours de Catherine en gâta le commencement. Mon estomac me disait qu'elle me donnait un excellent conseil. Mais oser me tracer un devoir, c'était une insolence que je ne pouvais ni ne devais supporter : aussi la renvoyai-je, elle et sa soupe, avec colère.

A peine eut-elle refermé ma porte, que je regrettai vivement ce dernier coup de tête ; il restait dans ma prison une excellente odeur de potage, plus agréable alors que tous les parfums de mes funérailles.

J'avais cependant le vague espoir de voir madame Deligny, vaincue par mon obstination, m'apporter elle-même les conditions de ma sortie ; mais elle ne vint pas, et les épreintes de la faim torturaient de plus en plus mes entrailles. Ma révolte allait s'affaiblissant, et si Catherine fût revenue, j'aurais fait bon marché de ce qui m'en restait ; mais on me laissa pendant deux heures encore en proie à cet horrible supplice.

J'étais anéantie ; les murs de ma chambre dansaient devant mes yeux troublés, et je n'avais presque plus la force de penser, tant le vertige me gagnait ; j'allais m'évanouir, lorsqu'un bruit de pas sur le sable du jardin excita et fixa mon attention : on causait vivement, c'était de moi qu'on parlait ; je distinguais la voix aigre de madame Deligny, de cette femme qui m'avait réduite à ce triste état... celle de ma mère, qui y répondait doucement, était tout altérée par les sanglots.

— Mais, Madame, lui disait-elle en passant sous ma fenêtre, songez que la pauvre enfant n'a rien mangé depuis ce matin ; il n'y a pas de faute au monde qui mérite une telle punition !

— Vous voilà bien toujours avec vos faiblesses !

reprit madame Deligny; croyez-moi, il lui fallait ce jeûne pour la réduire.

— Elle n'est pas réduite, ajouta ma mère; ce qui ne l'empêche pas de souffrir horriblement.

Je ne pus en entendre davantage.

Tout à coup, le courage qui m'avait abandonnée me revint. — Je ne veux pas mourir! m'écriai-je. Oh! non, je ne veux pas! Mais qui viendra à mon aide, mon Dieu!

Je n'avais pas achevé ma phrase, qu'un morceau de pain arrivant du jardin vint tomber à mes pieds; puis une belle poire suivit le même chemin. Saisissant ces provisions, je courus à la fenêtre pour voir d'où me venait ce secours inespéré.

Jugez de ma surprise!... c'était Marguerite! Marguerite, l'objet de ma haine, qui se disposait à m'envoyer une nouvelle poire, tout en regardant autour d'elle si personne ne la voyait. Le fruit lancé, elle s'éloigna en mettant un doigt sur ses lèvres, pour me recommander la discrétion.

L'inattendu de cette scène muette changea si subitement le cours de mes idées, qu'il ne s'agit même plus de délibérer avec moi-même pour prendre une sage résolution. En pensant à Marguerite, je ne me souvins plus si elle était servante ou non ; ma conscience me la disait au dessus de moi par sa vertu, et cela me suffisait pour m'humilier devant elle. Et puis j'avais si grand'faim, que celle qui me donnait à manger devait certainement avoir raison. Demander pardon n'était pas difficile dans un pareil moment.

Cependant, qui le croirait ? mon appétit une fois satisfait, mon maudit orgueil se réveilla. Quel abaissement ! me disais-je, pour qui de sa vie n'a jamais demandé pardon à personne ! Commencer par une..... Le mot servante expira sur mes lèvres. Et il *fallait* demander ce pardon ! A cette pensée, je me sentais défaillir. La nuit arrivait ; je regrettais presque de la voir venir si vite me mettre dans la nécessité de réparer mon tort. Aussi, lorsque ma

joviale gardienne vint me chercher à la fin
d'une si longue journée, je ne pus m'empêcher
de dire : — Déjà !

La pauvre fille, me croyant morte de faim,
ne riait presque plus ; elle se hâtait de m'emmener au plus vite. Son étonnement fut au
comble lorsque, pour les raisons que vous
savez, je l'assurai que je ne souperais pas.

Ma mère en larmes, quoiqu'elle fût dans le
secret de Marguerite, me suppliait, en m'embrassant, de faire sans délai ce qu'on exigeait
de moi. Mais l'offensée se tenait à distance avec
une dignité parfaite ; madame Deligny s'était
prononcée ainsi : elle ne voulait pas me voir,
quoi qu'il arrivât. J'avais devant moi toute une
longue nuit avant d'arriver à ce que j'appelais
l'heure de mon supplice.

L'insomnie et la fièvre s'accroissaient de ma
résistance ; je fis des rêves affreux ; et pour
me débarrasser de ces obsessions, le lendemain, dès cinq heures du matin, j'étais sur
pied, afin de brusquer la mauvaise honte que

je trouvais toujours en travers de ma résolution.

Je crois que j'allais enfin demander ce pardon, lorsque le bruit de la sonnette de madame Deligny se faisant entendre, je rebroussai chemin; je ne sais de combien cette circonstance fortuite aurait retardé mon *exécution*, si je n'eusse été tirée de mon trou par la chute de Marguerite dans l'escalier.

Courir à elle, l'aider de mon faible appui, eût été de ma part, dans tous les cas, une action naturelle; mais la circonstance y donna une vivacité dont elle fut touchée; enfin, je ne sais ce que mes lèvres prononcèrent, mais il est certain que je l'embrassai de bon cœur et qu'elle parut satisfaite. En ce moment, son regard me dit tellement sa bonté, que je m'étonnai de ne pas l'avoir reconnue plus tôt.

Que vous dirai-je, Madame, et croirez-vous aujourd'hui, comme je le crus alors, que s'il fût entré dans l'esprit de madame Deligny d'oublier ce qui était irrémédiable, et de me

tenir compte de ma bonne volonté, je me serais infailliblement amendée. La bonté, que
jusqu'ici je n'avais connue que sous une forme,
celle qu'y donnait ma mère et que l'habitude
ne me permettait plus de remarquer, se révélait dans Marguerite d'une manière aussi touchante qu'inattendue, et j'en ressentais la salutaire impression. Je suis encore convaincue,
par l'effet inévitable du temps et des bonnes
habitudes sur une jeune raison, aidée par des
conseils justes et donnés à propos, soutenue
par l'inépuisable tendresse de ma bonne mère,
que, d'enfant gâtée, insupportable, odieuse que
j'étais, j'aurais pu, sans crise nouvelle, devenir
une bonne et modeste petite fille.

Mais pour opérer cette transformation, il
fallait que madame Deligny renonçât à sa nature austère en me traitant avec plus de douceur; et c'était impossible, car il aurait fallu
m'aimer, et il faut convenir que je n'étais guère
aimable.

Mais probablement, si les choses eussent

ainsi tourné, la peine n'eût point été propor-
tionnée au délit. Dieu en ordonna autrement.

J'en reviens au moment où Marguerite, appelée près de sa maîtresse, allait et venait dans
l'intérêt de son service ; j'arrivai, sans y penser,
jusqu'à la porte de madame Deligny, qui était
encore couchée.

Le son de sa voix rude m'arrêta brusque-
ment:

— Ce petit mauvais sujet n'est pas encore
levé? demanda-t-elle à sa femme de chambre.

— Au contraire, Madame ; la pauvre enfant,
qui n'a pas dormi de la nuit, est déjà venue me
faire sa soumission.

— Ah ! c'est bien heureux ! A sa conduite
d'hier, j'ai cru qu'elle avait du goût pour la
prison.

— Je crois que si Madame voulait l'entendre,
ajouta timidement Marguerite, mademoiselle
Séraphine demanderait son pardon bien vo-
lontiers.

— Elle me ferait une grâce dont je n'ai nul

besoin ; qu'elle aille pleurnicher avec sa sotte mère, qui croit à la bonté de son cœur.

— Eh bien ! Madame, j'y crois aussi ; et je suis convaincue qu'avec de la douceur...

— Bon ! est-ce que les billevesées de madame Langeac vous ont tourné la tête ? Comment ! une personne de sens comme vous croit qu'une fille qui fait chaque jour pleurer sa mère peut avoir un bon cœur ? Je vous le demande, Marguerite : que signifient ces tendresses, ces baisers, quand, à côté de ce grand amour en paroles, il n'y a pas un fait pour le prouver ?

— Vous le voyez vous-même, Marguerite, les larmes de madame Langeac ont-elles jamais rien obtenu de cette petite malheureuse ?

Fait-elle jamais une concession ?

A-t-elle renoncé à une seule de ses épouvantables habitudes ?

Moi, quand j'aime, je ne le dis pas ; mais j'agis en conséquence.

— Je sais, reprit Marguerite, que Madame est la bonté et la générosité même, et je suis de son avis sur la trop grande faiblesse de madame Langeac ; mais je m'obstine à croire qu'il y a un bon parti à tirer de l'enfant.

— Le tirera qui voudra ou qui pourra, Marguerite ! Par amitié pour madame Langeac, je mettrai cette charmante fille dans la pension de mademoiselle Chardon, qui ne s'attendrira pas à ses promesses hypocrites. C'est là une personne raisonnable, que les mièvreries de l'éducation nouvelle n'ont point gâtée ! Chez elle, pour les récalcitrantes, le martinet n'a point encore perdu sa vertu. Et le martinet, voyez-vous, Marguerite, c'est le meilleur des arguments.

— Pauvre petite Séraphine ! soupira Marguerite.

— Je vous conseille de vous attendrir sur cette créature ! Au reste, je ne sais pas ce qu'elle a pu vous dire pour que vous en soyez depuis si longtemps coiffée. Pourtant, ce n'est pas sa politesse à votre égard qui a pu vous subjuguer ainsi.

— Elle m'intéresse beaucoup, Madame, dans le présent et dans l'avenir. Quand je vois ces deux pauvres femmes tombées de si haut et réduites à recevoir...

— L'aumône ! il faut appeler les choses par leur nom ; et encore doivent-elles s'estimer heureuses de la recevoir si abondante. Il y a bien des gens tombés dans le malheur, *sans qu'il y ait de leur faute,* entendez-vous, et envers lesquels la Providence ne s'est pas déclarée si hautement.

Un nouveau soupir, tendre et profond, fut toute la réponse de la miséricordieuse Marguerite.

Comme son service l'appelait hors de la chambre de sa maîtresse, elle me trouva affaissée sur moi-même près de la porte où j'avais tout entendu. Elle devina bien mon émotion, et la peine qu'elle eut à m'emporter lui dit assez que si j'avais écouté cette terrible conversation, j'avais pour excuse l'impossibilité de me mouvoir, tant la stupeur m'avait paralysée.

La connaissance que j'avais acquise des véritables sentiments de madame Deligny, et dont je dus faire part à ma triste mère, eut pour résultat de hâter un voyage que madame Deligny avait jugé utile et même indispensable, et que ma mère, par l'effet de son caractère temporiseur et par la crainte de m'abandonner encore une fois, remettait chaque jour.

Il s'agissait de retourner à l'île Bourbon, où le vieil oncle dont j'ai parlé existait encore, et de tâcher de le fléchir en notre faveur, ce qu'aucune lettre jusqu'ici n'avait pu faire, puisque toutes étaient restées sans réponse, ainsi qu'il l'avait juré au départ de ma mère. Madame Deligny consentait, dans l'intérêt de mon avenir, à faire les frais de son voyage, aller et retour; elle qui, dans ce moment, refusait de me pardonner! J'avais besoin que le temps me donnât l'expérience des choses, pour comprendre cette manière d'être et d'obliger ses amis.

Il ne fallait rien moins que l'horreur de

notre situation présente et les vives instances
de madame Deligny, pour que ma tendre
mère consentît à me quitter. Que dis-je ? elle
n'y consentit jamais : elle céda au torrent qui
l'entraînait comme on cède au temps, à la volonté de Dieu, à ce qui est inexorable...

Au lieu d'entreprendre sans moi ce fatal
voyage, ou de m'y exposer, comme elle osa en
exprimer la pensée, elle eut plusieurs fois l'envie de m'enlever à toute contrainte comme à
tout espoir de fortune, en allant chercher un
asile chez ma nourrice.

Pauvre nourrice! nous ne l'avions point re-
vue depuis un jour qu'instruite de nos malheurs par la voix publique, elle était venue nous
enlever de vive force, avec un char à bœufs
qu'elle avait emprunté pour nous et notre mobilier.

Elle arriva justement pendant que ceux qui
avaient des droits sur nos pauvres effets se pres-
saient de s'en emparer. Avec sa vivacité naturelle, excitée encore par l'âpreté qu'elle vit

mettre à nous dépouiller, elle s'élance dans la
maison, poussant l'un, culbutant l'autre, en
leur arrachant des mains les objets qu'elle veut
reconquérir.

— Voleurs! s'écrie-t-elle dans le paroxysme
de la colère ; n'avez-vous pas honte de votre
lâcheté ? Et faut-il que ceux qui viennent là
pour vous regarder soient sans cœur, pour voir
emporter en plein jour le *butin* d'une pauvre
femme !

A ses apostrophes passionnées, la foule des
passants et des oisifs du quartier allait grossis-
sant, et ma nourrice nous eût fait un mauvais
parti, si ma triste mère ne fût point intervenue
pour apaiser les esprits.

Il fallait bien que ma nourrice eût tort,
puisque ma mère donna raison aux vandales
qui nous dévalisaient; mais jamais la *paysanne* ne put comprendre qu'on pouvait dépouiller ses agneaux, comme elle nous appelait,
et conserver même quelque apparence de
justice.

Il fallut qu'à la place des arguments, ma mère substituât la plus grosse voix qu'elle eût jamais fait entendre.

Ma nourrice, interdite de tout ce qui ce passait avec l'assentiment de ma mère, qu'elle voyait d'accord avec ses propres ennemis, tandis que sa voix aimée était méconnue, partit aussi irritée qu'elle pouvait l'être contre nous, en jurant de ne plus nous revoir jamais.

Or, le malheur voulut que les tristes affaires dont ma mère était accablée lui ôtassent la pensée de faire cesser ce malentendu : elle eût épargné à ma chère nourrice ce sujet de plaintes contre nous, qui fut un véritable chagrin pour cette admirable femme, ainsi qu'elle me le répète encore quelquefois.

Je reviens à cet horrible cauchemar, qui s'appelait voyage, et que l'inflexible volonté de madame Deligny rendait inévitable.

Le temps employé en préparatifs fut si affreux pour ma pauvre mère, si désespérant pour moi, que je n'avais presque plus la force de rien *vouloir*, au moment du départ, qui me parut une mort anticipée.

Il n'y a pas de mots pour rendre ce qui se passa à l'heure de la séparation. Chaque fois qu'elle me revient en mémoire, je sens encore la sueur froide couler de mon front, comme au moment où madame Deligny me dit : — Il faut prendre votre parti et laisser aller votre mère ; quand elle reviendra, vous pouvez être sûre que je ne m'opposerai pas à ce que vous alliez avec elle *où vous voudrez*. En attendant, vous irez chez mademoiselle Chardon, faire l'essai de votre charmant caractère, et nous verrons qui des deux l'emportera sur l'autre.

Dès le même jour, Marguerite ayant disposé mon trousseau, je suivis machinalement madame Deligny chez cette terrible personne.

Mais mon cœur était si blessé, que la vue de mademoiselle Chardon, digne de son nom, et la présence de l'inévitable martinet, me furent un véritable soulagement.

Il était impossible de mieux justifier sa répu-

tation de sévérité que ne le faisait mademoiselle Chardon. Je n'ai jamais vu de morgue
plus hautaine, jointe à une plus grande idée de
ses talents, non contestables, dit-on. Quant à
moi, choquée de son ton rogue, je sentis que
je ne gagnerais rien au changement de maîtresse.

Pour donner gain de cause à mes prévisions, celle-ci promit à madame Deligny force
punitions pour toutes mes fautes en général et
mon orgueil en particulier.

Mademoiselle Chardon avait la vue basse;
toutefois, le clignotement de ses yeux, si dis-
gracieux au premier abord, devenait tolérable
par l'effet de l'habitude; mais je ne saurais
vous rendre ce que j'éprouvai lorsque, pour
m'examiner plus à son aise, elle me tira rude-
ment par le bras. Après m'avoir fait tourner
comme une marionnette, elle me trouva la
mine étrange, le corps grêle, les épaules en
avant. Or je crus bien qu'elles étaient cassées,
lorsque, après s'être aidée du genou, elle me les

eut mises dans la position guindée qui était l'uniforme de la maison. Cette opération ne se fit pas sans qu'un cri de douleur m'échappât.

— Il ne faut pas être douillette, mon enfant, dit-elle ; vous en verrez bien d'autres.

— On la disait jolie, cria-t-elle en me repoussant, mais il n'en est rien : elle a un nez énorme et les yeux rouges comme ceux d'un lapin. Au reste, mon enfant, ajouta-t-elle, cela ne fait rien ; vous pouvez être laide tout à votre aise, ce n'est point pour cet inconvénient que vous serez en pénitence.

— Vous aurez assez à faire d'ailleurs, Mademoiselle, reprit madame Deligny qui, pour la dixième fois, réclama pour moi tout ce qu'il y avait de punitions ordinaires et extraordinaires. Sa retraite seule mit fin aux recommandations que chacun de mes défauts lui suggérait. Elle me quitta en m'annonçant que je n'aurais sa visite qu'après m'être entièrement corrigée.

Je restai seule, sans me mêler aux compagnes que mon premier aspect n'avait guère

plus charmées que mademoiselle Chardon ; et
j'eus soin de nourrir leurs préventions à mon
égard par une raideur que, dans mon langage,
j'appelais de la dignité.

Marguerite

CHAPITRE V.

Quelque désagréable que me fût mon séjour dans la pension de mademoiselle Chardon, si ma position y eût été la même que celle de mes compagnes, je me serais accoutumée à la grosse voix de notre maîtresse, à son regard foudroyant (à tout propos), et à ses vivacités peut-être calculées, qui nous la faisaient comparer à un ouragan. Mais pour rabaisser mon orgueil, madame Deligny s'était crue obligée de dire que j'étais dénuée de tout, et que si elle m'abandonnait, je n'aurais pour toute ressource que la mendicité, à moins que je ne me fisse gardeuse de vaches. C'était un trop beau texte pour que mademoiselle Chardon ne le répétât pas souvent en présence de mes compagnes afin de m'humilier. Elle disait la vérité sans doute ; mais la malveillance de ses commentaires jetait sur moi un si triste jour, que j'en devenais plus aigre et plus sauvage encore.

Cet appel fait au mépris des jeunes filles sur ma pauvreté dépassa le succès qu'on en attendait : une espèce de réprobation pesait sur moi. La fierté, le dépit que j'y opposais, joints à la vraie douleur que me causait l'absence de ma mère, me rendaient peu agréable, il faut en convenir ; mais en ce moment, la peine, je crois, dépassait la faute ; pour qu'il y eût équilibre, il faut supposer que j'expiais mon passé.

On n'avait point de nouvelles de ma mère ; il ne me restait au monde que la pitié de Marguerite, et cette providence cachée, peut-être méconnue, qui s'appelait madame Deligny. Cependant, il y a dans la jeunesse un tel besoin d'espérer, une telle promptitude à se créer des chimères devenant des probabilités à mesure

que l'esprit s'y complaît, qu'il m'était impossible
de supposer mon malheur actuel sans com-
pensation. Seulement, dans les créations fantastiques de mon imagination, je n'étais guère
plus sage que par le passé. Je ne me figurais
jamais le bonheur sans un retour de fortune :
aussi me représentais-je toujours ma mère re-
venant dans tout l'éclat de nos premières richesses, et imposant aux esprits vulgaires, par
les apparences du luxe, un respect et une con-
sidération que n'avait point obtenus sa vertu
dépouillée. Et moi donc, comme je ressai-
sissais mon ascendant ! Comme je me promettais de me venger des dédains que j'osais qua-
lifier d'orgueilleux. Je me replaçais sur ce
trône d'où le sort m'avait précipitée, sans m'a-
percevoir dans quelle misérable contradiction
je tombais, en m'armant de nouveau du sot
orgueil que je trouvais, non sans raison, bles-
sant et odieux chez mes compagnes.

Je dois dire que, dans mes rêves, je recher-
chais avec soin nos créanciers, et que je rendais

à madame Deligny, avec usure, ce qu'elle nous avait généreusement donné. L'orgueil ne trouvait-il pas son compte à cet acte de justice? C'est ce que je crois encore aujourd'hui.

En attendant l'éclatante vengeance que je méditais dans mon for intérieur, j'apprenais à faire deux parts dans ces jeunes filles dont j'étais entourée : celles qui me ressemblaient par quelque côté, et dont j'appréciais très-bien les défauts, et celles qui s'en écartaient plus ou moins complètement. La réflexion et la comparaison m'avaient montré dans celles-ci d'admirables qualités que je n'observais pas sans une secrète envie. Il me venait parfois des remords, et si mon passé n'eût pas été là comme stimulant mon orgueil (je ne voulais pas m'être trompée), je crois que j'aurais travaillé à me corriger.

Dans mon isolement presque volontaire, le spectacle de ces douces et tendres amitiés du jeune âge était pour moi une souffrance très-vive : lorsque, dans les récréations, je voyais

passer des couples d'amies, les bras passés autour de la taille, le regard dans le regard, ou-
bliant tout dans le bonheur d'une causerie
intime, je me sauvais au plus profond des al-
lées solitaires. Quelques-unes pourtant s'étaient
rapprochées de moi, touchées de mon abandon ;
j'aurais peut-être eu aussi une amie, si l'année
scolaire n'eût touché à sa fin, mais j'étais trop
étrangère à ce qui se passait en ce moment à
la pension, pour entrer dans les pensées qui
agitaient alors mes compagnes.

Que me faisaient en effet les vacances, objet
de toutes les conversations ; j'avais plus de raisons de les redouter que de les désirer, puisque
je n'avais en perspective que la pension nue
comme un désert, ou les gronderies de madame
Deligny sans le refuge de mon adorable mère.
Je m'étais, à la vérité, sincèrement attachée à
Marguerite ; mais elle était si occupée ! et chez
elle l'amour du devoir allait jusqu'au fana-
tisme.

Dans la disposition de mon esprit, les rumeurs de joie et d'espérance qui répandaient l'animation dans toute la maison ayant fini par me devenir odieuses, je n'en fus que plus sombre et partant plus délaissée. Les bras qui s'étaient tendus vers moi ne faisaient plus de démonstration pour m'embrasser, un sourire en courant, une poignée de main à la hâte semblaient seuls me dire : A l'année prochaine.

Quelque faibles que fussent ces promesses, j'en éprouvais cependant un peu de soulagement : mon pauvre cœur, déjà las à force de souffrir, se dilatait dans l'espoir d'une vie nouvelle, où je faisais entrer des plans d'amélioration. J'avais besoin d'être aimée ; j'avais besoin d'approbation ; j'avais besoin, enfin, d'être en paix avec ma conscience ; elle n'était pas tout à fait tranquille à l'endroit de madame Deligny, dont je commençais à comprendre la générosité. Je repassais dans ma mémoire les graves sujets de plainte que je lui avait donnés, et sa rigueur à mon égard me paraissait moins imméritée ; je me proposais donc de réparer mes torts autant au moins qu'il était en moi de le faire, si ma protectrice m'en fournissait l'occasion.

J'ignorais ce qu'elle avait décidé à mon égard ; il y avait quatre mois qu'elle était partie pour la campagne, où elle en passait six chaque année. Depuis trois semaines, je n'avais pas vu Marguerite, quoiqu'elle m'eût promis, lors de sa dernière visite, de revenir le samedi suivant, pour une affaire indispensable dont l'avait chargée sa maîtresse.

Jugez de l'impatience avec laquelle je l'attendais, tant pour savoir ce que je deviendrais pendant les vacances que pour avoir enfin des nouvelles de ma chère mère ! Chaque coup de cloche résonnait en moi d'une manière douloureuse depuis quelques jours, et je me sentais frémir et trembler comme à l'approche d'un malheur.

Mon triste pressentiment n'était que trop fondé ; un matin, cette cloche, depuis si longtemps inexorable à mes prières, m'appela enfin.

Je me précipitai au devant de Marguerite

souffrante, se traînant à peine, et d'une pâleur que ses vêtements de deuil rendaient encore plus sensible.

Je l'embrassai tremblante, sans oser demander ce qui était arrivé.

— Madame Deligny est morte! me jeta-t-elle dans un sanglot, en réponse à la muette interrogation de mon regard.

Je restai atterrée! Pendant les efforts que je faisais pour recouvrer la parole, le souvenir de ses bienfaits se présentait si vivement à mon cœur, qu'à mon tour je fondis en larmes; je ne sais ce qui, dans ce moment, l'emportait en moi, ou de la douleur de l'avoir perdue, ou de celle de n'avoir pu lui témoigner ma reconnaissance.

Mais elle m'a *crue ingrate en mourant!* Voilà ce que ni mes regrets ni mes remords n'ont jamais pu empêcher. En vous en parlant même aujourd'hui, Madame, le rouge de la honte et de l'indignation contre moi-même me monte au visage!

Cependant ce malheur *irréparable*, sous quelque point de vue que je pusse l'envisager, n'était que le présage de ceux que l'avenir me tenait en réserve.

Quand ma première émotion calmée me permit enfin de parler et d'entendre, Marguerite me communiqua une lettre de ma mère annonçant que tout espoir de fortune était anéanti. La mort de mon grand-oncle, arrivée pendant que ma mère était en route, avait reproduit ce qui s'était passé lors de celle de mon grand-père; je vous en épargne les détails donnés au long dans la lettre de ma triste mère, qui, du reste, était en route pour revenir.

J'avais déjà assez d'expérience pour sentir à l'instant l'effet que produiraient ces nouvelles désastreuses sur mademoiselle Chardon.

En effet, elle changea de visage, lorsque Marguerite, qui avait demandé à la voir, lui dit la mort subite de madame Deligny, ainsi que toutes les conséquences qu'elle entraînait pour moi; puis, du côté de ma mère, le malheur qui causait le désespoir auquel j'étais en proie.

— Tout cela ne me regarde pas, Mademoiselle, dit-elle en repliant la lettre de ma mère, je n'entre point dans les affaires de famille; mais je ne comprends pas madame Deligny, une femme consciencieuse, comment n'a-t-elle donc point mis ordre à ses affaires? Vous savez qu'il est dû deux quartiers de la pension; je ne puis pas ouvrir ainsi ma maison gratuitement aux premiers venus.

Marguerite l'interrompit pour la prier de me garder jusqu'au retour de ma mère, que, d'après la date de sa lettre, on pouvait considérer comme prochain.

— Mais, Mademoiselle, reprit aigrement mademoiselle Chardon, je ne le puis, même dans l'intérêt de madame Langeac, dont ce serait augmenter la dette envers moi. Devoir et ne pouvoir payer est une situation pénible pour une personne délicate.

— Oh! Mademoiselle, vous ne laisserez pas

cette enfant sans asile pendant le peu de temps qui la sépare de sa mère, que vous serez heureuse d'avoir obligée; car il n'y a pas au monde une personne meilleure et plus méritante que madame Langeac.

— Je n'ai point l'honneur de la connaître, et je n'aurais pas le temps de la cultiver. Mais puisque vous avez des raisons pour l'aimer et l'estimer, que ne vous chargez-vous de sa fille?

— Je ne le puis, Mademoiselle, au moins pour le moment; je pars pour trouver dans ma famille le rétablissement de ma santé. A mon retour, j'aurai l'honneur de vous revoir. Veuillez, en attendant, continuer vos bontés à cette pauvre petite.

— Si je pouvais me charger d'une élève sans rétribution, comme cela m'est arrivé d'ailleurs, je la choisirais tout autre; au lieu d'une petite insolente comme celle-ci, je prendrais une enfant aimable de caractère, qu'un signe imperceptible de mon regard ferait courir au devant du moindre de mes désirs.

Marguerite me tendit les bras, et, désolée, je m'y précipitai. — Ma pauvre enfant, me dit-elle en m'étreignant fortement, je sens que Dieu vous aime, puisqu'il vous envoie des leçons qu'il est impossible d'oublier jamais... Les malheurs épurent notre vie, comme les orages rafraîchissent l'air. Mais, quoi qu'il vous arrive, songez que vous avez en moi une amie qui, pour être moins rude, n'est pas moins sincère.

Mademoiselle Chardon, que la réflexion avait sans doute radoucie, demanda sans transition :

— Quand arrive madame Langeac? Dans quinze jours, continua-t-elle, je donne vacance à mes élèves. Si elle n'est point ici, tant pis!.. je ne resterai certainement pas à la maison pour... cette pécore... Car moi aussi, j'ai besoin d'aller respirer l'air de la campagne.

— Je ne puis promettre que madame Langeac soit arrivée dans quinze jours; mais d'ici là, Mademoiselle, je vous donnerai de mes nouvelles; et ce que je puis affirmer, c'est que vos soins seront rétribués.

Marguerite, en prononçant ces mots, se leva pour se retirer, et salua d'un air si digne qu'elle contraignit mademoiselle Chardon à prendre ses paroles au sérieux.

— Je vous attends alors dans quinze jours.

— Dans quinze jours, reprit Marguerite.

Qu'elle était bonne, cette Marguerite!

Qu'elle était belle dans sa bonté!

Quelle princesse eût égalé cette simple fille dans ce moment?

Il fallut qu'elle me quittât, bien que je la suppliasse de m'emmener en Auvergne, chez ses parents, paysans, laboureurs, artisans, que je me serais sentie heureuse d'aider dans leurs travaux. J'étais vaincue dans mon orgueil par la hauteur sublime du caractère de Marguerite.

Je compris qu'il me fallait rester pour attendre ma mère dans l'inhospitalière maison de mademoiselle Chardon, bien que pour moi tout y fût plus vide et plus triste que jamais. M'occuper d'études était maintenant impossible;

d'ailleurs, lors même que mes préoccupations me l'eussent permis, pour qui, pourquoi, me serais-je livrée aux exercices de la fin de l'année? Quand j'aurais obtenu des prix, si tant est que j'eusse pu en obtenir, dans quelles mains les aurais-je déposés? Qui se serait réjoui de mes succès? A toutes ces questions désolantes, rien n'avait répondu que mon inertie; et j'étais devenue assez peu importante dans la pension pour que personne ne s'aperçût que je ne concourais point avec mes compagnes, afin de partager avec elles le fruit de mes travaux.

Toutefois, cette position douloureuse par tant de côtés avait cela de bon, qu'une complète indifférence avait remplacé la variété de punitions dont jusqu'ici j'avais été l'objet.

J'étais libre d'aller et de venir dans la maison, sans que personne en prît aucun souci; mais aussi je m'y sentais comme un voyageur dénué d'argent dans une hôtellerie, n'osant ni parler, ni manger, ni me plaindre; les seules heures tolérables étaient celles de la nuit, quand

le sommeil voulait bien descendre sur mes paupières fatiguées.

Je m'étais bien juré à moi-même de ne
me plaindre à personne d'une souffrance que
chaque instant accroissait. Mais qui avait sol-
licité ma confiance? qui m'avait tendu une
main compatissante? Oh! c'était affreux! Tellement, que je voudrais rayer ces jours de ma
vie si les larmes que j'ai répandues alors eussent
été moins profitables à mon âme.

En effet, jusqu'ici je n'avais été apte qu'à
juger les défauts d'autrui, et à me croire sans
cesse la victime d'une méchanceté acharnée à
me poursuivre. Jamais la réflexion ne m'avait
fait faire un retour sur moi-même, pour savoir
jusqu'à quel point la malveillance dont j'étais
l'objet ne m'arrivait point par ma faute. N'ayant
jamais vécu dans la société intime de mes sem-
blables, je ne pouvais savoir qu'en général on
recueille ce que l'on sème : c'est-à-dire que la
bienveillance produit l'affection, le dévouement, de la même manière que la hauteur et

le dédain engendrent, avec la haine, la dureté des représailles.

Il m'en coûtait cher de l'avoir appris, et il était trop tard pour que cette science pût me servir dans la position où je me trouvais. Rien ne pouvait effacer, sur ces compagnes que j'allais quitter, l'effet produit par l'âpreté de mon humeur et la fierté déplacée de mon maintien. Sur mes supérieurs, c'était encore pis. Il m'aurait fallu le temps de me montrer une sainte pour que mademoiselle Chardon crût à ma conversion, et elle n'était pas disposée à en tenter l'épreuve.

J'avais passé quinze jours à réfléchir sur toutes les difficultés dont je sentais ma vie hérissée, et je ne trouvais point d'issue pour en sortir. Que deviendrais-je avec mes quatorze ans et ma mère dans la pauvreté? ma mère si charmante, mais dont la grâce, comme un joyau précieux, n'était propre qu'à briller pour le charme des heureux de ce monde. Oh! dans l'amertume de mes réflexions, que n'aurais-je pas fait alors, si notre protectrice eût vécu?

Marguerite n'arrivait pas. Déjà deux fois, tout haut, mademoiselle Chardon en avait fait la remarque : aussi, je n'osais plus paraître au dîner, je préférais prendre à l'office, et comme à la dérobée, un morceau de pain que j'allais manger dans le fond du jardin.

Rien ne m'était plus facile que de m'isoler depuis quelques jours, toutes les élèves étant occupées à mettre la dernière main aux travaux qui devaient figurer à l'Exposition ; tout tournait au profit de ma liberté, dont j'allais jouir dans les coins les plus reculés, et surtout sur le sommet d'une petite tour gothique, jadis l'observatoire des religieux qui habitaient alors la maison.

Cette tour, à demi ruinée et presque privée de son escalier, était sévèrement interdite aux élèves. La prudence aurait exigé qu'il y eût une porte fermée dans cet endroit dangereux ; car la tentation de montrer du courage pouvait attirer un grand malheur.

Je n'y montais jamais sans courir le risque de
me rompre le cou, et je crois que mon insou-
ciance de la vie ne contribua pas peu à me
préserver de quelque funeste accident.

Chaque jour, sans m'inquiéter des dangers
de mon ascension, je grimpais par les degrés
rompus jusqu'à une magnifique plate-forme,
d'où je contemplais un immense horizon. Cependant, j'étais moins touchée de la beauté du
point de vue que de la distance que ce lieu
mettait entre moi et tout ce qui m'était hostile.
Et puis je m'orientais pour crier vers le midi :
« Ma mère! ma mère!... » à me briser la poitrine, sans crainte d'être entendue des personnes de la maison. Le son de ma voix émue
ne parvenait qu'à provoquer mes larmes.

Une seule chose m'étonnait dans mon désespoir : c'est que ma douleur, si profonde et si
visible, ne troublât point la majesté immuable
de la nature ; ma tristesse ou mon sourire la
laissait verte, fleurie et brillante des couleurs
du feuillage si richement varié vers l'automne,

surtout quand il est de tous côtés inondé des feux d'un soleil sans nuages.

Dieu, qui m'a parlé si clairement depuis dans les devoirs qu'il m'impose, et les récompenses qu'il y attache, me semblait alors sourd, muet et sans entrailles, puisque ma plainte ne le touchait pas.

Je n'étais distraite de ces pensées que par les cris joyeux d'enfants déguenillés, qui jouaient toute la journée en se roulant sur la route poudreuse dont je suivais au loin les sinuosités du haut de mon observatoire. La vue de ces créatures de Dieu, en apparence si abandonnées de la fortune, et cependant si gaies, si libres, me redonnait du courage. Dans deux jours je serais libre comme eux probablement ; mais avec cette différence, que personne ne pourvoirait à mes besoins que moi-même. De quelle manière ? je l'ignorais, et à force d'y penser, cette idée ne me troublait que jusqu'à un certain point. Il m'était impossible de croire que mes prières à Dieu et mon repentir sincère ne me suscitassent point des protecteurs.

Le matin du 30 août, je me levai de bonne heure ainsi que mes compagnes : celles-ci, tout agitées par l'espérance de voir leur travaux couronnés à la fin de cette journée ; moi, uniquement préoccupée de fuir ce lieu de douleur, qui pourrait devenir un lieu de honte si j'y attendais la scène pénible et outrageante qui ne pouvait manquer de précéder mon renvoi.

Voulant l'éviter, je profitai de la confusion qui régnait dans la maison pour en sortir sans que personne me demandât où j'allais ; je ne le savais pas moi-même, et je m'abandonnai au hasard ou plutôt à la Providence pour me diriger. Elle me porta sur cette route dont j'ai parlé. Le premier sentiment de liberté fut pour moi un moment de bonheur indicible. Je ne pus m'empêcher de me mettre à genoux pour en remercier Dieu.

Demain je vous dirai, Madame, ajouta Séraphine en se retirant, comment cette fervente prière fut exaucée.

CHAPITRE VI.

Pendant deux heures, je cheminai sur cette route large et belle, marchant dans l'ombre des peupliers qu'agitait la brise du matin. Le jour s'annonçait magnifique. Rien n'égalait le parfum des modestes petites fleurs qui bordaient le chemin. Le réveil des oiseaux préludait par un concert harmonieux auquel je n'avais jamais donné un sens; aujourd'hui, il me semblait aussi une louange à Dieu à laquelle je joignis les miennes, sincères, ardentes et presque involontaires, tant mon cœur était plein. Je crois n'avoir jamais été plus près de Dieu qu'en cet instant d'aventureuse mémoire.

Je parlais à haute voix, croyant être mieux entendue : aussi pus-je m'apercevoir que plusieurs villageois me regardaient avec la pensée que mon cerveau était malade.

Cependant, à force de marcher sur cette route unie et ombragée, je finis par ressentir une fatigue qu'augmentait encore une faim croissante à chaque pas.

J'avais bien vu quelques maisons sur mon passage ; mais aucune jusqu'ici ne m'avait paru assez hospitalière pour que je pusse me résoudre à y entrer ; je n'avais encore rencontré que des regards plus curieux que bienveillants. D'ailleurs, ce qui s'offrait le plus à mes yeux, c'était force enseignes d'auberges ; or, je ne possédais pas une obole, et je n'aurais pu trouver en moi la hardiesse d'entrer là où l'on paie.

Mais où allais-je ? La solution de cette question que j'avais négligé de m'adresser en sortant de la ville ne pouvait pas rester longtemps incertaine. La chaleur, la fatigue et les tortures de mon estomac devenant intolérables, je me

jetai dans un chemin de traverse que je sup-
posai devoir aboutir à un village. D'anciens
souvenirs me reportaient à ces pauvres cabanes
si ouvertes à l'indigence et où ces mots ma-
giques : *Pour l'amour de Dieu!* n'étaient jamais restés impuissants. Mon orgueil aux abois
souffrait moins en face de ces bienfaiteurs dés-
hérités que devant la charité superbe des grands
et des heureux, dont je me rappelais, non sans
rougir de moi-même, les magnifiques dédains. Toutefois, je n'étais pas sans inquiétude
dans mon besoin pressant. Que deviendrais-je,
mon Dieu! si, sans y pourvoir, on allait me
dire : Que demandez-vous? il faut travailler...
— Hélas! Monsieur, hélas! Madame, donnez-
moi un peu de pain en attendant le travail, et
laissez-moi réparer les forces de mon corps
pour les appliquer ensuite à la besogne que Dieu
voudra bien m'envoyer... Et ensuite, si je n'ai
pas de travail, ou si je manque de talents pour
l'exécuter, combien de refus, combien d'affronts n'aurai-je pas à supporter!

Sous l'empire de ces poignantes réflexions, j'arrivai dans le village qui, de loin, m'avait souri à mi-côte de la montagne. C'était l'heure où toute la population virile travaillait aux champs. Je ne rencontrais personne que des enfants confiés à la garde d'autres enfants. La plupart fuyaient en m'apercevant; d'autres regardaient curieusement mon costume qui leur paraissait celui d'une belle demoiselle. Quelle dérision! Quelques vieillards réchauffaient leurs membres engourdis aux rayons du soleil déjà très-haut à l'horizon. Ils me suivaient de leur regard machinal, comme des gens qui ont vécu et que rien n'intéresse plus guère; aussi n'osai-je pas troubler leur repos, même pour me renseigner sur le nom du village dans lequel je m'enfonçais de plus en plus sans trouver à qui parler.

Cependant, après l'avoir parcouru presque dans son entier, plus j'avançais vers l'extrémité, plus je trouvais aux maisons, aux carrefours, aux arbres même un air de connaissance tel, que je croyais être la proie d'un de ces songes qui s'obstinent à vous retracer sans cesse comme un souvenir d'une autre vie, des lieux connus, aimés, et renfermant des êtres chers.

J'en avais oublié ma faim, et mon cœur battait d'un sentiment vague et indéfinissable, lorsque je m'approchai d'une vieille femme filant au rouet sur le seuil de sa porte, afin de savoir enfin dans quel lieu je cherchais mon refuge.

Avant de répondre à ma question : « Quel est le village où je suis? » elle établit solidement sur son nez une paire de lunettes qui le lui serrait depuis tant d'années, qu'il en était tout aminci. Puis elle me toisa d'un air curieux, mais bienveillant, avant de me dire que j'étais à Bitty.

— A Bitty! m'écriai-je; mais c'est donc ici que demeure la veuve Bonnard?

— Tout au bout du village, ma chère demoiselle; vous n'avez qu'à prendre l'allée des noyers, qui vous mènera devant la ferme à Mathieu le Riche; là, vous tirerez sur la gauche jusqu'à la maison de François le Borgne ; après, vous n'avez plus qu'à suivre le champ du grand Pierre le Faucheux ; et enfin c'est la maison de la mère Bonnard, à quatre pas de la grand'croix : vous verrez des poules blanches devant sa porte.

Mes jambes tremblaient sous moi, et si je ne me fusse appuyée sur la partie inférieure de la porte brisée qui me séparait de la bonne femme, je serais sans doute tombée par l'excès de mon émotion. Cette veuve Bonnard... c'était ma bonne nourrice... O Providence !

J'étais inopinément et presque à mon corps défendant là où je serais arrivée depuis de longs jours, sans la scène incongrue que j'ai signalée lors de notre désastre, sans un affront plus récent que cette excellente nourrice avait reçu de madame Deligny, une fois qu'après le départ de ma mère, elle m'apportait un déluge de galettes de sa façon.

Supposant qu'on ne me donnait peut-être pas à manger autant que j'en avais envie, elle s'en expliqua sans détour et voulut absolument me laisser un renfort de provisions.

Mais madame Deligny n'était pas femme à supporter ce qu'elle appelait les inconvenances de cette paysanne, qu'elle fit mettre à la porte après l'avoir traitée de folle et d'extravagante.

Cet incident de deux natures violentes, mais dissemblables par l'éducation, produisit un choc dont le résultat eut un long retentissement dans notre vie.

Jamais ma nourrice ne pardonna à Marguerite d'avoir suivi l'ordre de sa maîtresse en chassant honteusement une honnête personne.

En apprenant que j'étais si près de cette excellente femme, j'aurais voulu courir vers elle... Puis, je restai comme foudroyée par les réflexions qui entraient en foule dans mon esprit.

Comment me recevrait-elle, cette bonne nourrice dont personnellement j'avais froissé le cœur? De quel front me présenterais-je devant elle dans mon dénûment, après l'avoir méprisée et traitée avec tant de hauteur au temps de ma prospérité?

. Pendant ces pensées aussi brûlantes que rapides, la bonne vieille, qui croyait que je voulais d'autres renseignements, continuait à me les donner avec toute la précision dont elle était capable.

— La veuve Bonnard, me disait-elle, n'est pas tout à fait malheureuse, ni tout à fait à son aise non plus, et cependant, elle devrait être riche : car, voyez-vous, c'est une femme qui a fréquenté les *bourgeois* de la ville. Mais il paraît que ce n'est pas toujours à profit pour la bourse ni pour le contentement. Il y avait une dame qui même a demeuré ici, dans le temps, et dont elle a nourri l'enfant. Elle en était folle de cette petite (car c'était une fille). Elle faisait pour elle de la dépense de quoi nourrir dix enfants, avec ça qu'elle ne se faisait presque pas payer. Tout le monde lui disait qu'elle en aurait du regret; mais rien n'y faisait : elle se croyait comme la mère de cette petite. La dame était partie pour un pays plus loin que la mer ; et puis voilà tout d'un coup qu'elle vient du fin bout du monde. La première chose qu'elle fait, c'est de reprendre son enfant à la mère Bonnard. Ça se conçoit ; mais ce qui se comprend moins, c'est que la petite, tant aimée, tant choyée par sa nourrice, n'était qu'un petit serpent réchauffé dans son sein, ni plus ni moins, qui se donnait des airs fiers avec cette nourrice, que c'en était révoltant. Alors la mère Bonnard, qui pourtant avait été bien payée, faut être juste, a pris le chagrin à cœur, cette femme, et on l'a vue changer, changer, que c'en était une pitié ; surtout quand elle a appris que le bon Dieu avait puni la petite orgueilleuse dont je vous parlais tout à l'heure, et pourtant c'était justice. Est-ce qu'on ne dit pas aussi dans votre pays que les ingrats font toujours mauvaise fin ?

Pendant cette longue et sanglante tirade, j'avais repris les forces nécessaires pour m'acheminer là où j'avais tant à réparer. Je pris

8

congé de la vieille conteuse d'un pas précipité, puis ralenti, mais qui redoubla presque involontairement lorsque, malgré les ravages du temps et des chagrins, je reconnus à distance ma nourrice elle-même, semant le grain sur ses poules pressées autour d'elle, comme je les avais vues autour de moi au temps de mon heureuse enfance, dans ce temps déjà si lointain où l'amour du luxe n'avait point encore gâté mon cœur.

Enfin, je m'étais arrêtée à quelque distance, suivant de l'œil ses mouvements sans oser m'approcher.

— Mon Dieu! s'écria-t-elle en me regardant à son tour, c'est mon enfant! c'est ma Séraphine! Oh! oui, ça ne trompe pas! continua-t-elle en mettant les mains sur son cœur.

J'étais dans ses bras! Elle riait et pleurait tout à la fois en m'embrassant avec force. — Ah! je le disais bien, s'écriait-elle dans la loquacité de sa joie, je le disais bien qu'elle me reviendrait! Ce n'est pas pour rien que j'ai rêvé de chevaux cette nuit. Pauvre chère fille! enfin je la tiens donc; c'est bien elle, je la reconnais à son petit signe au menton : il n'y en a pas deux comme ça au monde. Vois-tu, quand tu aurais la tête de plus haut que moi, je n'hésiterais pas un seul instant à dire comme tout à l'heure : C'est ma Séraphine! Dieu, comme te voilà grande et gentille! Dire que c'est moi qui ai nourri cette belle fille-là... Eh! mais, comment es-tu venue? Est-ce que tu es toute seule? Tu n'es donc plus chez cette demoiselle noire et barbue qui m'a fait si peur, que je n'osais pas aller te voir? Et cette autre dame dont la belle fille de chambre, ma-demoiselle *Quasi*, traite si bien le pauvre monde, encore qu'elle n'a pas voulu recevoir mes galettes? Est-ce donc bien vrai que ta mère est partie? car on ne sait rien avec ces chré-tiennes-là!

A toutes ces questions, faites avec une telle volubilité qu'il m'avait été impossible d'y répondre, je finis par lui faire signe de la main que je mourais de fatigue et de faim.

— Ah! mon Dieu! s'écria-t-elle en me voyant pâlir et chanceler, vieille bavarde que je suis, elle a bien affaire de tous mes radotages vraiment, cette pauvre enfant! Chère fille! ma mignonne chérie! moi qui te regarde et qui t'accable de tout ce qui me vient à la bouche, au lieu de te donner à manger; mais aussi je suis si troublée... si... Oh! vois-tu, quand ça vous prend là... (elle serrait son cœur à deux mains) on devient bête... bête... on ne peut pas dire à quel point!

En prononçant ces dernières paroles, après m'avoir entraînée ou plutôt emportée jusqu'au fond de la maison, elle allait, venait, s'empressait pour me préparer un repas devenu si nécessaire, qu'à peine pouvais-je saisir alors les exclamations qu'elle ne pouvait retenir tout en vaquant à ses affaires.

Enfin, elle s'était assise en face de moi pendant que je dévorais ses provisions. — Tu vois,

continuait-elle, si je pensais à toi; tiens, regarde! et elle m'indiquait de la main d'anciens
jouets usés qu'elle avait suspendus aux murs,
près des images les plus révérées. Puis elle
ajouta en joignant les mains : — Dieu sait si je
l'ai prié pour toi!

Je ne pouvais parler, dans mon émotion, en
présence de ces témoignages d'une tendresse si
peu méritée. Mais comme je me promettais de
lui faire oublier le passé ! comme mon cœur
s'ouvrait à la reconnaissance !

Ce ne fut pas sans peine que je pus lui raconter tout ce qu'elle ignorait de ma triste histoire; ma chère nourrice m'interrompait à
chaque instant pour exprimer son attendrissement sur notre position.

— Enfin, dit-elle, si au lieu d'aller chez
cette dame Deligny, qui m'a fait un affront que
je n'oublierai jamais, vous étiez venues, ta mère
et toi, chez la mère Bonnard, en lui disant :
« Nous voilà, » tout bonnement, elle vous aurait
donné tout ce qu'il y a dans sa pauvre maison,

et la maison aussi, qui est bien à vous, mon Dieu! Et puis elle vous aurait servies comme vous étiez accoutumées à l'être. Au lieu de ça, vous avez mieux aimé aller chez les bourgeois. Et dame! ils ne sont pas tous bons: ça va bien pendant que vous êtes riche; mais vous n'avez qu'à devenir pauvre, bonsoir! Et cette terrible demoiselle chez qui on t'avait mise pour apprendre à avoir de l'esprit, ce n'est pas moi qui t'aurais laissée là seulement pendant huit jours. T'a-t-on dit seulement que j'étais venue pour te voir? On m'a fait savoir que tu étais en classe! Voilà une belle raison pour refuser à une nourrice de voir l'enfant qui est presque le sien! aussi je n'ai pas osé y retourner, et quelquefois tu devais croire que je t'avais oubliée... Mais non, puisque tu viens à pied me chercher... Ah! je suis bien heureuse, va!

Pauvre nourrice! je n'osais la dissuader de la croyance où elle était que ma volonté m'avait ramenée vers elle, et elle me paraissait si

grande dans son dévouement, qu'il me semblait qu'en effet j'avais aidé la Providence en
m'acheminant vers cette portion de mon cœur
restée vivante, malgré l'obscurcissement de ma
raison.

Tout en me livrant aux nouvelles sensations
que tant de bonté réveillait en moi, je l'entendais parler du retour de ma mère, seul objet
de mes espérances ; mais pour répondre à
d'anciennes terreurs que le précédent voyage
avait fait naître dans son esprit, elle se disait
à voix basse à ce qu'elle croyait : — Enfin, le
bon Dieu, qui nous l'a ramenée une fois, nous
rendra encore ! Ne m'as-tu pas dit qu'elle est
la en chemin ? me demanda-t-elle haut.

— Ma bonne mère, n'est-ce pas ma chère
nourrice ?

— Et de qui parlerais-je, puisque tu es ici ?
Est-ce que Dieu m'a donné d'autres créatures à
soigner qu'elle et toi ?...

« Écoute, mon enfant, ma chère enfant
d'autrefois, ma Séraphine enfin ! tu demeureras

toujours avec moi, je te nourrirai de mon mieux ; si tu trouves mon pain trop noir, j'irai t'en chercher à la ville. Et puis je te ferai des galettes, comme tu les aimais autrefois, comme celles que je t'avais portées... Enfin, n'en parlons plus ! J'ai une vache, j'ai mes poules... et des bras ! Tiens, regarde ! crois-tu que la mère Bonnard n'a plus la force de travailler ? on verra ça !...

« Oh ! vous n'aurez pas besoin de vous inquiéter, parce que ta mère ne peut pas manquer de nous arriver un jour ou l'autre, puisque nous voilà deux pour faire à Dieu nos prières... Je sais bien, continua-t-elle dans un aparté, que tant qu'elle sera sur la mer... Quel chien de plancher ! ce n'est pas moi qui m'en irais dans leurs bateaux... On dit pourtant que c'est tout comme des maisons ; mais des maisons qui remuent... j'aime mieux ma bicoque ! ça ne branle pas ! »

Si j'insiste sur ce que disait ma nourrice dans l'exaltation de sa joie, c'est afin de vous faire pénétrer dans ce cœur d'or dont rien, pas même mon ingratitude, n'avait altéré la pureté.

Il fut arrêté entre nous que, dès le lendemain, elle irait à la ville pour faire savoir à ma mère où elle pourrait me trouver. D'ailleurs, elle comptait bien être à l'affût de son arrivée afin de l'instruire de mon sort, et de l'amener immédiatement à Bitty, pour la soigner, disait-elle, comme si elle avait *de quoi*.

Quels raffinements la chère âme n'inventa-t-elle pas pour rendre son hospitalité plus agréable ! Selon ses vœux, rien n'était plus facile que de faire naître l'abondance là où une stricte économie n'avait pas toujours exclu un peu de misère ; mais son cœur ne pressentait pas d'obstacles ; il devinait même certaines délicatesses que l'éducation ne peut apprendre aux natures d'une trempe grossière.

Le soir, et les suivants, sans que je pusse l'empêcher, elle voulut me faire coucher dans son propre lit, tandis qu'elle s'établit sur une simple paillasse à côté de moi, prétendant que ma présence lui rendrait le bon sommeil qu'elle attendait en vain depuis qu'elle m'avait perdue.

Cependant, il ne vint guère pendant les premiers jours de mon installation ; souvent même, sans le vouloir, elle me réveillait pour m'entretenir de ses réminiscences d'un passé où je jouais toujours le premier rôle, et Dieu sait si elle me le faisait beau ! Si des souvenirs plus récents eussent pu être effacés de mon esprit, j'aurais pu croire aux vertus de mon enfance ; mais j'étais déjà bien changée, puisque aucun de ces dires naïfs ne put rétablir la confiance illimitée que j'avais eue en moi-même. Le malheur avait enfin dessillé mes yeux, et je ne pouvais plus m'abuser sur mon petit mérite personnel. Ce qui me frappait maintenant plus que toute autre chose, c'était la supériorité d'âme de cette humble femme que, dans mon fol orgueil, j'avais regardée comme d'une nature inférieure à la mienne.

Je me demandais aujourd'hui quelle vertu pouvait égaler son dévouement envers moi, sa force et son intelligence de mes vrais besoins. Je reconnaissais dès lors qu'en l'absence de ma mère chérie, rien ne pouvait m'être meilleur que cette tendresse aussi ancienne que fortement éprouvée.

Cependant, je dois dire, à ma louange peut-être, que, si dans le premier moment de ma détresse, cette maison ouverte m'avait semblé le port de salut après la tempête, je ne fus pas longtemps sans éprouver le malaise de ma position. En effet, semblable au frelon qui s'introduit dans une ruche, j'en absorbais la substance sans contribuer à la renouveler par mon travail. Il est vrai que ma nourrice y opposait autant d'obstacles que mon incapacité. Je convenais avec elle qu'il m'était impossible de l'aider aux travaux du dehors ; mais elle souffrait à peine que je m'occupasse dans l'intérieur de la maison, trouvant mon teint trop fin et trop blanc pour l'exposer aux morsures du soleil, et mes doigts trop délicats pour raccommoder le linge de la maison.

Il résulta, de l'excès des gâteries de ma bonne nourrice, un effet tout opposé à celui qu'elles eussent produit plus tôt : c'est-à-dire qu'au lieu de me laisser aller en égoïste aux bons soins qu'elle me donnait, je soupirais tout bas de la charge que ma présence lui imposait ; car je n'en étais plus à croire que certaines créatures fussent exceptées de la loi générale qui nous condamne tous au travail ; je commençais à voir au contraire que Dieu, qui n'a rien fait d'inutile, ne nous a donné des membres à tous que pour les employer, dans la mesure de nos forces, au profit de la société dont nous faisons partie. Ces pensées, flottant d'abord dans mon esprit d'une manière vague et indéterminée, s'éclaircissaient de jour en jour davantage ; il m'était impossible, en voyant déjà le surcroît de besogne que j'apportais dans ce petit ménage ; en pensant à celui plus grand encore qu'y ferait naître la présence de ma mère, de ne pas sentir pour moi la nécessité d'un travail sérieux et productif. Toutefois, j'étais moins préoccupée de la perspective de ce travail incessant que de savoir en quoi il consisterait. Quand j'examinais mon savoir-faire, et le temps que j'employais à produire si peu, même en y apportant de la bonne volonté, je m'effrayais à bon droit de tous les obstacles que j'aurais à vaincre pour vivre du travail de mes mains. La suite m'apprit bientôt que je ne m'étais point exagéré les difficultés dont la vie laborieuse est hérissée.

En attendant le moment d'y entrer jusqu'au vif, je courais dans ma liberté, dont j'épuisais les dernières gouttes, en me donnant une véritable fièvre de fatigue.

Un goût inné me portait vers les hauts lieux : aussi la montagne qui bornait notre horizon dans la partie du pays habitée par ma nourrice, était-elle le but de toutes mes promenades. J'y montais pour assister au lever du soleil. Le soir, j'y retournais jusqu'à ce qu'il eût disparu dans les vapeurs colorées du couchant ; souvent les étoiles commençaient à briller, avant que je pensasse à quitter mon observatoire pour gagner le toit hospitalier de ma nourrice.

Un soir, selon mon habitude, je m'étais agenouillée sous l'immense dôme où la majesté de Dieu parlait si haut à mon cœur ; je lui adressais la prière de mon inspiration, pour le retour si ardemment désiré, lorsque j'en fus distraite par le bruit lointain d'une voiture, s'avançant d'un mouvement plus rapide que ne le faisaient les chars traînés par des bœufs. Mon émotion me dit ce que j'avais à attendre de ce bruit inusité, longtemps avant que mes yeux eussent aperçu l'espèce de carriole, attelée d'un cheval, qui tourna du côté de notre habitation. Quand l'obscurité croissante ne m'eût pas permis de distinguer la lourde machine qui, aux yeux des paysans, pouvait passer pour un carrosse, les cris sauvages des enfants qui s'y étaient cramponnés m'en auraient annoncé l'arrivée. Je descendis la montagne de toute la vitesse de mes jambes, dont les forces, un instant paralysées par l'émotion, étaient maintenant doublées par l'espérance, et j'arrivai justement au moment où la voiture arrêtée laissait descendre... une femme. Elle était grande, pâle, enveloppée d'un manteau, quoique la chaleur fût encore extrême; l'automne ayant été très-chaud cette année-là. Cette femme, encore charmante malgré l'excès de sa pâleur et de sa maigreur, m'embrassait avec toute l'effusion de l'amour maternel, avant que j'eusse pu retrouver ma mère!... C'était elle pourtant, mais malade et changée au point que je ne la reconnus qu'au son de sa voix : aussi ne pouvais-je me lasser de l'entendre, bien qu'elle ne proférât que des paroles tristes et découragées.

Cependant, elle n'avait rien à m'apprendre de plus que ne m'avait dit sa lettre. Elle, au contraire, venait d'être foudroyée par l'annonce de la mort de madame Deligny, son seul es-

poir ; car le dévouement de ma nourrice ne
pouvait pas être considéré comme un appui
réel : notre séjour prolongé chez elle eût
épuisé ses faibles ressources sans nous tirer
d'affaire, et il n'entra jamais dans le caractère
de ma mère d'abuser, avec connaissance de
cause ; mais elle céda aux instances de notre
humble protectrice, en faisant une halte prolon-
gée, qui ne fut pas sans profit pour sa santé.
Pendant cette trêve avec la mauvaise fortune,
la souplesse d'organes de ma mère lui permit de
jouir, comme d'une conquête, du changement
qui s'était opéré dans mon caractère. Ses lèvres
et ses yeux candides retrouvèrent des sourires
désappris depuis si longtemps. Rien n'était
plus doux à voir que ce charmant visage ainsi
illuminé... j'aurais passé ma vie à la regarder
dans ces instants trop fugitifs ; mais le souffle
de la misère devait bientôt le ternir, hélas !

CHAPITRE VII.

Le temps passait vite, trop vite : il y avait
déjà un mois que ma mère et moi goûtions en-
semble les bienfaits d'une hospitalité si largement et si saintement exercée. C'en était assez
pour la conscience timorée de ma mère. Je
partageais ses idées; mais peut-être compre-
nais-je mieux qu'elle les difficultés de notre
cruelle position. Délibérer sur ce que nous
avions à faire, c'était retomber à la charge de
ma nourrice, dont la générosité dépassait la
prudence. Nous tranchâmes dans le vif, c'est-à-
dire que nous partîmes avant que les complica-

tions de l'hiver vinssent se faire sentir dans cet intérieur, où déjà nous avions apporté la gêne.

Nous arrivâmes à Chalon, en plein novembre. Les quelques pièces d'or que possédait encore ma mère, tant par la libéralité de feu notre protectrice que par une petite somme qui lui avait été payée dans l'île, furent employées à l'achat d'un humble mobilier. Elle en égaya les murs d'un galetas, où nous pûmes à peine vivre trois mois avant de nous trouver face à face avec la plus horrible misère.

Quand les mauvais jours furent arrivés, ma pauvre mère me dit en m'embrassant : qu'il n'y avait pas à nous en troubler, que les circonstances faisaient les hommes, et qu'elle trouverait certainement en elle un moyen pour sortir d'embarras. Cependant, elle ajoutait en soupirant : « Qu'attendre des amis que ma détresse a fait fuir ?... » Pourquoi, reprenait-elle le jour suivant, ne tenterais-je pas quelques visites ? Il est impossible que ceux qui nous ont connues, qui nous ont aimées, ne se souviennent plus

que ma maison, ma bourse, mon cœur leur
furent ouverts. Enfin, la nuit porte conseil. Demain, sans plus attendre, je sortirai. » Or, le
lendemain faisait renaître les mêmes alterna-
tives et le même ajournement. « Mais, ne t'inquiète pas, ma Séraphine, je travaillerai, s'il le
faut, continuait-elle en étendant ses bras
amaigris !... Et, en effet, pourquoi ne travaille-
rais-je pas ? » Mais, hélas ! je me souvenais que
jamais elle n'avait su fixer un ruban sur un
chiffon, et que si, dans sa fantaisie, elle avait
essayé de tailler quelque vêtement, l'étoffe en
avait toujours été perdue. Donc, même avec la
facile confiance de mon jeune âge, j'espérais peu
de ces éclairs d'activité. Il n'en était pas ainsi
de moi : la mauvaise volonté avait nui à mon
développement ; mais j'étais née adroite ; souvent, les toilettes que je composais pour ma
poupée avaient ravi ma mère ; fière de ces essais
qu'elle comparait aux siens, elle m'appelait
une artiste, une petite fée ; ce qui, malgré mon
désir et la possibilité que je me sentais de bien

faire, me paraissait bien un peu exagéré. Mais
cette confiance en mes talents avait le bon côté
de la rassurer sur mon avenir, aujourd'hui
que nous ne possédions absolument rien. » Que
n'as-tu deux ans de plus ! me disait-elle, je ne
serais point en peine ! » Bien que je sentisse ma
faiblesse, je n'osai point la détromper.

Il y avait huit longs jours que nous n'avions
plus une obole ; pour comble de malheur, ma
chère nourrice, dont les petites provisions nous
sustentaient souvent, ayant fait une chute
très-grave, fut réduite à se faire porter à l'hô-
pital. Dans notre abattement, après ce dernier
coup, nous avions passé une partie de la journée au lit, où ma mère me retenait un peu
contre mon gré. M'échappant de son étreinte
convulsive et désespérée, je m'habillai et je
sortis, non sans avoir prié Dieu de m'inspirer.
Hélas ! quoi qu'il pût m'arriver plus tard, il
fallait immédiatement résoudre cette terrible
question : *Manger, ou cesser d'exister !* Il me
fallait implorer la charité publique... Je me

plaçai à cet effet à l'angle d'une des rues les plus fréquentées... Lorsqu'une personne respectable passa, je sentis bien frémir mes lèvres... mais jamais je ne pus articuler la terrible formule, même près des inconnus. Et si une figure de connaissance m'apparaissait dans le lointain, je me précipitais dans une allée pour l'éviter. Je crus dans cet horrible moment qu'il me fallait mourir. J'avoue que, pour moi, j'aurais accepté [cette cruelle nécessité sans murmurer, tant la vie me semblait amère. Tomber ainsi dans le dernier degré de l'abaissement, c'était la lie au fond du calice ! Il me fallut le souvenir de ma bonne mère laissée mourante, pour retrouver le mouvement qui m'avait abandonnée.

Cette fois, sans songer à la faim qui me travaillait, je me dirigeai vers une boutique, où je demandai qu'on voulût bien me confier un ouvrage de broderie.

Il fallait que ma voix ne sût pas se plier au ton de la prière, puisque la personne qui occupait le comptoir me répondit sans lever les yeux de dessus son livre de commerce : « Nous avons nos ouvrières ! »

Dans un autre magasin, on me dit que l'on ne confiait pas ainsi la besogne aux premières venues, qu'on ne la donnait qu'aux gens connus et éprouvés ; et les regards jetés sur ma pauvre personne me disaient quel peu de bienveillance j'inspirais.

Mais, j'étais décidée à suivre jusqu'au bout mon douloureux pèlerinage. Les épines du chemin ne me furent point épargnées, puisque je pus entendre sans mourir de douleur et de honte ces outrageantes paroles d'une marchande à une jeune personne qui m'écoutait d'un air de pitié :

— Faites donc attention, Mademoiselle ! lui dit-elle aigrement ; vous laissez venir jusqu'à moi cette petite… mendiante !

Et elle enleva prestement les marchandises étalées devant elle…

Je me retirai sans rien demander, emportant

au front le rouge de la colère et de l'indignation.

Les plus polies, parmi les autres commer-
çantes que je visitai, me demandèrent, les unes
mon adresse, les autres un échantillon de mon
savoir-faire.

Une fois, j'entendis ces mots prononcés dis-
tinctement dans l'arrière-boutique où deux
personnes se trouvaient :

— N'est-ce pas la petite Langeac ?

En entendant mon nom, je crus à un signe
d'intérêt, et je m'arrêtai pour le recueillir.

Mais la personne qui répondit ne me laissa
saisir que cette cruelle phrase :

— Les orgueilleux et les superbes sont toujours abaissés, tôt ou tard. Et c'est justice que
cette petite soit obligée d'avoir recours aux
honnêtes gens qu'elle semblait mépriser !

Je n'en écoutai pas davantage, et ce fut avec
les yeux pleins de larmes que je revins vers
notre pauvre maison, après avoir perdu tout
espoir...

Qu'allais-je dire à ma mère bien-aimée,

qui avait suivi ma sortie d'un œil confiant en me disant : « A la garde de Dieu ! »

Je la retrouvai, elle aussi, inondée de ses pleurs, avec un papier déployé sur le lit, d'où son extrême faiblesse l'empêchait de sortir.

Elle me tendit ce papier, abîmée qu'elle était dans sa douleur. C'était la réponse à une lettre écrite, depuis longtemps déjà, à l'une de nos anciennes connaissances, pour lui exposer le besoin pressant où nous étions... en attendant du travail, avait dit ma mère.

Aux touchantes expressions d'une mère désespérée, la personne répondait : qu'elle était très-fâchée de ne pouvoir venir efficacement à notre aide ; mais que sa fortune était beaucoup moins considérable qu'on ne le croyait ; que l'honneur de son nom, l'élévation de son rang, lui prescrivaient de si grands sacrifices, qu'elle était obligée d'imposer silence à son cœur, dans certains cas particuliers, comme celui où nous nous trouvions, par exemple. Mais que si nous voulions nous faire inscrire sur la liste des indigents, elle se faisait fort de nous faire obtenir les secours que réclamait notre position.

« Enfin, ajoutait cette charitable personne, ne voulant pas que ma mère se fût adressée à elle en vain, je vous prie d'accepter les cinq francs ci-joints, comme preuve du désir que j'ai de vous obliger. »

— Tu vas les reporter, Séraphine ! me dit ma mère dans son désespoir...

Mais la faim avait réduit mon orgueil aux derniers abois ; pour la première fois, je me trouvai sans résistance contre l'abaissement qu'il plaisait à Dieu de me faire endurer. « Si je rends cet argent, dis-je faiblement à ma mère, je sens que tu n'auras plus de fille ! »

Et sans attendre sa réponse, je partis comme un trait pour aller acheter du pain...

Il semblait que la Providence attendît cette soumission à ses décrets pour m'en récompenser : à peine avions-nous terminé notre repas de faméliques, qu'un commissionnaire se présenta chez nous, rapportant le peu d'effets que j'avais laissés chez mademoiselle Chardon, avec un billet poli dans lequel elle s'excusait de n'avoir point envoyé plus tôt la quittance des deux trimestres arriérés de ma pension, parce que, disait-elle, ma mère, en les faisant payer, avait négligé de lui donner son adresse.

Or, pour une cause que vous connaissez très-bien, Madame, ma pauvre mère n'avait rien payé. Il fallait qu'un ange l'eût prise en pitié pour alléger ainsi sa conscience d'une dette qui lui pesait très-fort.

Dès le même soir, l'ange se révéla.

Un petit pas léger et pressé, ainsi qu'un coup discrètement frappé à notre porte, nous annonça Marguerite.

Nous la reçûmes comme si elle eût fait partie de notre famille. Et n'en était-elle pas en effet? N'existait-il pas entre nous la confraternité du malheur, et, sur un point au moins, unité dans l'objet de nos regrets?

Pendant le récit qui l'initiait à notre triste

position, ses yeux ne cessèrent de s'humecter de larmes; elle baisait les mains de ma mère, tout en m'étreignant d'un de ses bras.

Elle se défendit, en rougissant, d'avoir payé les deux trimestres de ma pension; mais à nos pressantes sollicitations, elle finit par avouer qu'elle s'était crue dans l'obligation d'acquitter une dette contractée par une maîtresse qui l'avait comblée de ses bienfaits : il était juste, ajouta-t-elle, qu'en sa qualité d'héritière elle en supportât les charges.

Alors, elle nous confia qu'à ses économies de seize années, madame Deligny avait joint le don de quatre mille francs ainsi que celui d'un bon mobilier (choisi dans les objets respectés par les vers) : ce qui réjouit beaucoup ma mère, que le péché d'envie n'approcha jamais.

Lorsque Marguerite, riche, comme elle disait, avait quitté Chalon, son idée fut de monter un petit commerce dans son pays natal, que ses souvenirs d'enfance lui rappelaient comme un songe de bonheur; mais elle fut trompée dans son attente, en trouvant ce pays, si poétique dans son imagination, tout autre qu'elle l'avait rêvé. Ayant vécu dans un milieu différent de celui de sa pauvre et rustique famille, elle en était maintenant à mille lieues tant par les sentiments que par les habitudes et le langage. Eux, la trouvaient grande dame et fière par suite de sa bonne fortune; elle, se disait tout bas : qu'ils étaient plus grossiers qu'elle ne le pensait; enfin, il n'y avait plus parité entre eux : les stationnaires ne peuvent point comprendre ceux qui ont subi les effets d'une civilisation plus avancée. Bref, Marguerite, après avoir respiré l'air pur des montagnes, et avoir constaté, non sans douleur, les vides laissés par la mort et l'absence autour du berceau de ses premiers ans, revint mettre à exécution son projet de commerce dans le pays de ses amis et de ses habitudes.

Il y avait quelques jours seulement qu'elle était de retour à Chalon, et comme tout se sait dans une ville de dix à douze mille âmes, elle

avait appris le retour de ma mère, et notre séjour à la campagne, où elle comptait venir
nous trouver, lorsqu'elle fut informée en même
temps de l'accident arrivé à ma nourrice et
de notre installation à Chalon. Dieu sait dans
quelles conditions !

Elle revint nous voir aussi souvent que le lui
permit sa récente installation dans une jolie
boutique, où elle tenait mercerie, lingerie et
nouveautés. Il va sans dire que nous eûmes de
l'ouvrage autant que nous pûmes en entreprendre ; mais quoique, relativement, il nous
fût payé très-cher, je ne sais comment notre
hiver se serait passé, si un soir de la fin de jan-
vier, par un temps affreux, ne fût arrivé un
conducteur de diligence qui nous remit un sac
contenant deux cent soixante-quinze francs
soixante centimes. La lettre jointe à ce bienheureux envoi, d'une écriture inconnue, était
datée de Paris, et n'était signée que de ces
mots : *Un ancien débiteur.*

Quelque effort de mémoire que fît ma mère

pour reconnaître cet obligé d'autrefois, elle ne put y réussir. Le conducteur ne savait rien, sinon l'adresse du group. Force nous fut, en cette occasion, de reconnaître la main de la Providence, et de bénir à tout hasard l'organe dont elle s'était servie..

CHAPITRE VIII.

Trois mois s'étaient écoulés depuis que Marguerite avait ouvert son petit magasin. Toutes les amies de son ancienne maîtresse lui avaient naturellement donné leur pratique ; et la foule, qui suit toujours l'impulsion imprimée par les premiers d'une ville, fixait chaque jour la vogue dans le nouvel établissement. Pour la modeste fille qui le dirigeait, c'était la fortune dans son mouvement ascensionnel ; ma mère le considérait avec joie, sans se souvenir que chez nous elle l'avait vue marcher en sens inverse.

Il y avait déjà longtemps que nos petites ressources étaient épuisées, malgré notre économie, et ce que j'avais pu y ajouter par mon travail, hélas! si peu productif. Que peut une jeune fille de quatorze ans, quand, à l'inexpérience de son art, se joignent les langueurs de cet âge transitoire! Déjà plus d'une fois, ma mère, effrayée de ma pâleur, avait consulté un médecin, dont l'avis était qu'il fallait m'interdire tout travail, me faire beaucoup promener au grand air, et me donner une nourriture substantielle. Cette prescription jetait ma pauvre mère dans un chagrin qu'elle n'osait pas me montrer; mais plusieurs fois, en rentrant après une petite course, je l'avais trouvée en larmes. Elle était sur le point de me renvoyer seule chez ma nourrice, qui, malgré la gêne où l'avait jetée une longue convalescence, s'obstinait toujours à me redemander. Mais je ne pouvais supporter l'idée d'abandonner ma pauvre mère, à qui j'assurais que je me portais bien, quand tout en moi démentait mes paroles.

Un dimanche, que nous nous abandonnions

à nos pensées, d'autant plus tristes que nous n'osions pas nous les communiquer, Marguerite vint interrompre notre silence par une visite, ordinairement agréable.

— Madame, dit-elle à ma mère d'un ton sérieux et pensif, mes affaires sont en pleine voie de prospérité ; je vois chaque jour s'augmenter ma petite clientelle, et je suffis à peine aux besoins de mon commerce.

— Eh bien ! ma chère Marguerite, il n'y a pas de raison d'être troublée dans ce que vous me dites là ; et cependant, ma chère fille, vous me paraissez avoir quelque sujet d'inquiétude ?

— Et il y a de quoi, Madame, puisque, avec tous les avantages que je viens de vous exposer, je suis peut-être sur le point d'être ruinée !

— Ah ! mon Dieu ! s'écria ma mère, que le mot *ruine* frappait toujours à l'endroit sensible, expliquez-vous, mon enfant ?

— Voici, Madame : il y aura sans doute nécessité pour moi de faire un voyage. Mon absence, d'après la nature des affaires qui m'appellent, peut se prolonger plus ou moins. Il y a donc obligation pour moi de remettre mon commerce naissant en des mains étrangères : or je ne connais personne à qui confier un si grand intérêt. Si je ferme ma boutique, j'en éloigne les personnes qui ont bien voulu me donner leur pratique. Vous le voyez, Madame, de quelque façon que je tourne la question, il s'ensuivra pour moi un mal irréparable. Et c'est bien dur de perdre une fortune si péniblement gagnée! J'appelle fortune, le peu que je possède, quoique ce ne soit pas grand'chose ; mais c'est tout ce à quoi je puis prétendre en cette vie, et c'est cruel de penser que je me serais inutilement imposé tant de privations pour aboutir justement à mendier dans mes vieux jours! Songez, Madame, que j'ai passé vingt ans à gagner trois mille francs! J'entends dire qu'il y a des gens qui en gagnent cent mille dans un jour, sans sortir de leur maison, et sans prendre la moindre peine : est-ce que c'est possible?

— Peu importe, Marguerite; soyez persuadée
qu'aux yeux de Dieu, vous êtes plus méritante
que les gens dont vous parlez; peut-être aussi,
ayant souffert, exercez-vous mieux la charité,
ce qui vous sera compté un jour, soyez-en sûre.
Et puis votre bonté, votre délicatesse vous va-
lent des *amis* que ne procurent ni le luxe ni
les fausses grandeurs de la fortune. Vous avez
une grande âme! » Une larme illumina la pau-
pière de ma mère en disant ces mots; et comme
Marguerite ne voulait pas avoir l'air d'en comprendre le sens, elle se hâta de rentrer dans
son thème dont elle nous développait les conséquences, en insistant sur ce qu'elles avaient
de désastreux pour elle.

— Mon Dieu! ma chère Marguerite, reprit
ma mère, touchée de son embarras, qu'y au-
rait-il donc à faire?

Puis, frappée d'une idée subite, elle ajouta :

— Si nous allions garder votre maison en
votre absence? Je ne suis pas bonne à grand'-
chose; mais Séraphine, avec son adresse...

— Ah! Madame! s'écria Marguerite, je n'aurais pas osé vous le proposer; mais il est certain que votre présence chez moi me tirerait de toute inquiétude.

— Alors c'est convenu! dit ma mère, toute souriante à l'idée de son utilité.

— Eh bien, Madame, il ne faut pas être bonne à demi. Si vous voulez... ne pourriez-vous tout de suite?...

— Quoi! demain...

— Ce soir, Madame; j'attends d'un instant à l'autre la lettre qui doit réclamer ma présence, et j'aimerais à vous installer avant mon départ.

— Oui, oui, allons vite! Je suis si heureuse de vous rendre service, ma bonne Marguerite!

Et ma charmante mère se pressait, dans sa nonchalance créole, si gracieuse encore malgré son état de souffrance habituelle.

Elle se leva presque vivement; et, avec l'aide de Marguerite, qui réunit tout ce que nous possédions en hardes, nous partîmes dans une voiture que *le hasard* nous amena à point pour nous transporter.

Cependant nos apprêts avaient été assez longs pour qu'il fît nuit quand nous arrivâmes chez Marguerite; nous fûmes charmées du bon feu qui pétillait dans l'âtre, et de la clarté d'une lampe à laquelle nos yeux n'étaient plus accoutumés. Elle nous reçut dans son arrière-boutique, assez grande pièce, disposée en salle à manger, bien qu'une alcôve fermée dissimulât un lit. Un petit dîner d'inauguration, prêt à l'avance, nous fut servi sans embarras, et comme si un génie familier eût présidé à la cuisine. L'extrême propreté de notre amphitryon avait fait ce repas aussi confortable à l'œil que ses talents culinaires le rendaient agréable au goût. Ma mère, faisant trève à ses ennuis habituels, payait Marguerite de ses soins empressés par les saillies de son esprit délicat et mobile.

Vers neuf heures, notre hôtesse nous conduisit dans la chambre haute, la pièce de céré-

10

monie. Là se trouvait le beau lit de damas vert, héritage de madame Deligny, paré de draps fins et blancs comme la neige. La flamme du foyer, en répandant sa douceur dans l'atmosphère, donnait aussi un air de fête aux mille dispositions commodes dont Marguerite avait le secret. Ma chère mère, s'extasiant sur un arrangement qui lui semblait un retour vers ses anciennes habitudes, lui dit :

— Vous êtes une fée ou un bon génie!

— Si j'étais l'un ou l'autre, il y a longtemps que vous auriez éprouvé les effets de ma puissance, Madame, répondit la bonne fille; mais je ne suis qu'une pauvre femme de chambre, et tout mon bonheur en ce moment est de me croire la vôtre.

Nous l'embrassâmes toutes deux, et elle nous quitta tout attendrie.

Bien qu'elle eût tout prévu pour rendre notre séjour dans la maison plus agréable, et que le lit invitât au sommeil, nous n'y pûmes dormir ce jour-là. Passer ainsi, sans transition, de notre excessif dénûment à la jouissance des avantages que procure l'aisance ne nous fut pas possible. Ma mère surtout n'était pas apte à apprécier le présent, sans qu'une réminiscence du passé vînt y joindre quelque amertume. Elle avait trop souffert, et il fallait que le temps passât pour que son âme si opprimée retrouvât son élasticité.

Cependant, Marguerite ne partit point le lendemain, comme elle nous l'avait fait pressentir. Une nouvelle lettre reçue dans la journée, nous dit-elle, loin de presser son départ, lui donnait au contraire quelques jours de répit, qu'elle employa à me mettre au courant des affaires de son commerce, pour lesquelles j'avais quelque aptitude, il faut en convenir.

En attendant le moment d'un départ qui n'arrivait jamais, ma santé revenait comme par enchantement, par l'attention qu'apportait Marguerite à faire succéder au travail une récréation ou une promenade. D'un autre côté, ma mère, bien nourrie, logée sainement et proprement, servie avec un zèle que rien ne démentait, se laissait aller à la douceur de cette vie, et ne pensait que de loin en loin au retard de ce voyage que Marguerite avait dit si pressé.

CHAPITRE IX.

Le printemps était de retour, et nous étions encore chez cette excellente femme, qui prétendait ne plus pouvoir se passer de *mes talents*. Mais je savais bien, moi, à quoi m'en tenir sur mon utilité. Bien qu'en général j'apportasse quelque bon vouloir, je ne pouvais m'empêcher de remarquer combien j'étais au dessous d'une ouvrière consommée : de Marguerite, par exemple. Par amour pour la vérité, j'avais voulu m'en expliquer avec elle ; mais au premier mot, elle m'avait imposé silence, en me montrant la chambre d'où ma mère pouvait nous entendre. A dater de ce jour, j'avais pénétré tous les secrets de ce noble cœur.

Un jour, ma bonne mère s'avisa de penser que le petit mobilier laissé dans la chambre que nous avions quittée pouvait bien se détériorer. Marguerite la tranquillisa en souriant.

— C'eût été bien mal à moi, de vous laisser payer un loyer, pendant que vous m'obligez par votre présence. Aussi vos meubles sont-ils dans mon grenier, et à votre disposition, Madame.

Ma mère admirait la profonde sagesse de cette humble femme, que son bon cœur plaçait au premier rang parmi les meilleures; et souvent, élevant au ciel ses mains amaigries, elle répétait : — Que Dieu la bénisse!

— Il m'a déjà bénie, Madame! répondait Marguerite, que cette prière touchait, quand elle la saisissait tout en vaquant à ses affaires. Mais c'est vous qui m'avez apporté la bénédiction, en consentant à venir habiter sous mon modeste toit. Depuis qu'on vous sait ici, c'est à qui demandera de vos nouvelles. Et pour se donner l'occasion d'en savoir, on vient acheter ma marchandise ; sans compter que cette petite Séraphine fait un si bon effet dans mon comptoir !

— Il est très-possible qu'il en soit ainsi, dit un jour ma mère, de son ton le plus grave. Vous êtes une femme extraordinaire, ma chère Marguerite, et on vient vous regarder agir, comme on va voir une curiosité. Quant à la part que nous pouvons avoir dans la bienveillance qui vous amène les oisifs de la ville, notre amour-propre n'a guère à y trouver son compte. Les mêmes personnes qui s'informent de nous avec tant d'intérêt, aujourd'hui, nous avaient parfaitement oubliées quand nous mourions de besoin dans notre triste demeure. Et là pourtant, que n'avons-nous pas souffert ! A quels déboires ma Séraphine n'a-t-elle pas été exposée ! Mais il est certain, Marguerite, que vous nous avez mises à la mode.

Ma mère, qui à la naïveté d'un enfant joignait une grande finesse de tact, avait deviné si juste en cette circonstance, qu'à quelques jours de là, il vint un Monsieur qui accabla Marguerite de questions à notre sujet, ayant soin d'enregistrer dans son carnet les réponses qu'il en obtenait : ce qui finit par inquiéter la bonne fille.

Ces notes prises, sans se départir de sa gravité, le visiteur s'assit à côté d'elle.

— Mademoiselle, lui dit-il avec une espèce de solennité, on vous a recommandée à moi, comme une des plus pieuses, des meilleures et des plus modestes femmes qui existent; et je suis venu savoir par moi-même à quoi m'en tenir sur votre compte; or je suis content de vos réponses, et j'ai la plus haute opinion de votre caractère. Maintenant, sachez qu'un homme de bien, feu M. de Monthyon, qui avait une fortune considérable, l'a laissée en héritage à ceux qui, comme vous, pratiquent la vertu sans ostentation.

A l'arrivée de ce personnage, imposant par son costume et ses manières, je m'étais sauvée dans l'arrière-boutique ; mais je pouvais voir, sans être vue, la figure des deux interlocuteurs. Je me souviens encore de la rougeur et de l'embarras de la pauvre Marguerite pendant l'examen que cet étranger fit de sa modeste personne.

Ce ne fut pas sans peine qu'il parvint à lui faire comprendre qu'en se mettant sur les rangs, elle obtiendrait un prix de trois mille francs ; et qu'à l'Académie, on lirait un rapport de sa belle conduite envers nous, et cela devant tout ce que Paris renferme de plus élégant et de plus spirituel.

Je la vois toujours bondir de sa chaise, en s'écriant :

— Ah ! Monsieur, ne me faites pas l'injure de me payer des soins que je donne avec tant de bonheur aux personnes que j'aime le mieux au monde !

— Cependant, Mademoiselle, vous n'êtes pas riche, à ce que l'on m'a dit.

— Je vous demande pardon, Monsieur, répondit *fièrement* Marguerite : j'ai du courage, de l'économie, et je suis en voie de prospérer. Je volerais de plus pauvres que moi, si j'acceptais vos offres, que d'ailleurs je n'ai pas méritées.

— Comment?...

— Non, Monsieur, interrompit-elle, je n'ai rien fait que mon propre bonheur. Car, voyez-vous, Monsieur, je n'étais pas destinée à le connaître dans ce monde, puisque Dieu m'a fait naître de parents très-pauvres, avec des sentiments pas du tout en rapport avec ma position.

— Eh bien ! Mademoiselle, vous avez d'autant plus de mérite que les obstacles à vaincre étaient plus grands; surtout si l'on considère que pour élever cette position, vous n'avez jamais employé que des moyens parfaitement honorables; voilà ce que chacun se plaît à répéter.

— Pardon, Monsieur... mais je vous dois compte de mes motifs. Non, je ne suis pas plus méritante qu'une autre ! Je me suis souvent demandé, au contraire, si je n'étais pas profondément égoïste.

— Vous vous plaisiez à vous déprécier autant que d'autres à se faire valoir, Mademoiselle ; voyons donc, ajouta-t-il en souriant, la preuve de cet égoïsme.

— Quand j'avais vingt ans, reprit Marguerite, j'aurais souhaité, comme une autre, me donner un mari, une famille ; mais alors mon courage n'alla pas jusqu'à envisager sans terreur la misère pour les miens : aussi, dès mon jeune âge, je me suis dit que je ne suivrais pas l'exemple de mes compagnes, que je voyais dans leur ménage aux prises avec d'insurmontables difficultés, et tomber bientôt dans un état voisin de celui des bêtes de somme... Mais pardon, Monsieur, si je vous entretiens ainsi de moi...

— Continuez, Mademoiselle ; je vous écoute avec plaisir.

Marguerite ajouta encore, non sans quelque hésitation :

— Eh bien ! Monsieur, j'ai voulu rester fille, servir de bons maîtres capables de reconnaître mes soins, et de m'en récompenser : c'est ce que j'ai fait jusqu'à la mort d'une maîtresse qui me traitait plutôt comme une amie que comme une femme de chambre. Hélas! Monsieur, continua la bonne fille avec un léger tremblement dans la voix, après cette perte j'ai senti que l'on ne s'écarte pas impunément du chemin que Dieu nous trace : toute cette prudence et cette crainte exagérée de l'avenir étaient parfaitement égoïstes, ainsi que je vous l'ai dit, et j'en subis la peine par la solitude et l'abandon où je me trouvai. Le chagrin que je ressentis alors était d'autant plus grand que rien ne pouvait y remédier, car maintenant le passé est déjà trop loin, et mon avenir trop borné pour que je veuille y associer quelqu'un. Il fallait donc me résigner à vivre toujours pour moi, avec la triste perspective qu'une main mercenaire, avide peut-être, serait seule à me fermer les yeux. Je l'avoue, cette pensée était horrible... Enfin, Monsieur, vous le voyez par tout ce que je viens de vous dire, il y a certainement un peu de personnalité de ma part à me dévouer à madame Langeac, dont la fille m'est d'ailleurs très-utile.

— Jusqu'ici, Mademoiselle, je ne vois pas de raison pour rabattre de la bonne opinion que j'ai de vous; au contraire. Mais comment avez-vous connu madame Langeac?

— Elle était l'amie de ma pauvre maîtresse, et au temps de sa prospérité elle a toujours été bonne pour moi; je ne l'ai jamais vue hautaine et fière, et regardant les domestiques comme d'une nature inférieure; elle avait, au contraire, la bonté de causer avec moi, et d'entrer dans mes petites peines. Son excellent cœur lui suggérait toujours quelques bonnes paroles pour me consoler : aussi, il m'était impossible de ne pas l'aimer. Je me suis également attachée à sa fille comme si elle eût été la mienne. Quand le malheur les a frappées, il était bien naturel que je me dévouasse à elles : c'était obéir

à l'impulsion de mon cœur, et aux vues de
Dieu, qui ne veut pas qu'on reste sur la terre
inutile aux autres ; mais où est le mérite, puisqu'en remplissant ce devoir, je me suis trouvée
la plus heureuse des créatures ! Jugez, Monsieur, si maintenant je voudrais me faire payer
ce qui me procure tout le bonheur que je
puisse attendre en ce monde !

J'étais muette d'attendrissement en entendant parler ainsi notre chère Marguerite. Je
sentais que jamais la Providence n'avait eu un
interprète plus digne que cette généreuse fille.
L'homme qui s'était présenté en protecteur
obligeant, subjugué lui-même par cette haute
vertu, et n'osant plus lui proposer de récom-
pense personnelle, la pria avec une sorte de dé-
férence de lui indiquer la personne qui, selon
son jugement, méritait le mieux de participer
aux bienfaits de M. de Monthyon.

Marguerite m'a dit depuis que sa première
pensée fut pour ma nourrice ; mais qu'un sentiment d'équité la ramena à une personne de

notre quartier, excessivement pauvre, et atteinte d'une si affreuse maladie qu'on ne l'approchait qu'avec dégoût. Marguerite conta, en quelques mots, l'histoire de cette malheureuse fille qui se nomme Jeanne Picot, et qu'elle avait vue fort belle, lorsqu'à l'âge de dix-huit ans, Jeanne vint à la ville pour s'y placer comme domestique. Elle eut le bonheur de rencontrer de bons maîtres, qu'elle servit pendant dix ans.

Sa conduite exemplaire, ainsi que sa beauté encore remarquable, quoiqu'elle eût vingt-sept ou vingt-huit ans, la firent rechercher en mariage par un jeune ouvrier fort à son gré. Jeanne l'aurait épousé de suite, si les conséquences du mariage ne l'eussent effrayée. La mère du jeune homme approuvait le choix de celui-ci, autant que le vieux père de Jeanne se montrait enchanté de celui de sa fille. L'accord de ces quatre personnes avait fixé l'époque du mariage au printemps suivant, comme la plus favorable à la prospérité du jeune ménage. Mais voici qu'une paralysie vient frapper le père de Jeanne, en même temps que la disette se fait sentir dans le pays. Devant ce double malheur, que deviennent les projets d'union ? Est-il permis aux pauvres gens d'avoir un cœur dans les temps calamiteux ? Le fiancé de Jeanne comprit si bien qu'un sacrifice suivrait la lutte, que lui-même tomba malade de chagrin, et en mourut en peu de temps. Jeanne, au désespoir, eut néanmoins le courage de vivre pour son père infirme ; sa piété filiale ne se démentit jamais, malgré les horreurs d'une misère qu'il était désormais impossible de conjurer, puisque le paralytique, devenu idiot, absorbait tout le temps de sa pauvre fille. Celle-ci, dont le sang s'était allumé dans la douleur et dans les larmes, vit sa figure se couvrir d'un masque hideux, il y a déjà quelques années. Aujourd'hui elle fuit dans l'ombre, mais elle ne souhaite point la mort : — Mon père a encore besoin de moi ! dit-elle.

— Que ne le faites-vous entrer dans un hospice ? lui répète-t-on chaque jour.

— Hélas ! répond-elle, il trouverait sans doute la nourriture et les soins nécessaires ; mais, dans l'état où il est, il n'y aurait plus de cœur pour l'aimer !

Cette anecdote, contée avec simplicité, produisit l'effet qu'avait espéré Marguerite : Jeanne Picot eut les trois mille francs, et de plus les remèdes nécessaires pour traiter sa cruelle maladie ; elle en guérit, sinon radicalement, au moins assez bien pour ne plus voir fuir les enfants à son approche, ce qui était une grande peine pour son bon cœur.

Après tant de soufffrances, elle appela *bonheur* la possibilité de faire enterrer décemment son vieux père, quand Dieu le rappela à lui.

A dater de cette époque, notre chère Marguerite devint un personnage important, et toutefois, jamais vertu justement honorée n'excita moins de pensées vaniteuses. Mes bouffées d'orgueil d'autrefois, dont je me ressouvenais, comparées à cette humilité si vraie, me semblaient maintenant misérables, au point que j'avais peine à comprendre comment cette triste maladie avait été chez moi si longue à déraciner.

Je venais d'atteindre ma quinzième année, et il y en avait une tout entière que je recevais de mon humble bienfaitrice pain quotidien et vie de l'âme ; cependant, elle ne se contenta pas pour moi de l'enseignement moral résultant de ses actes : elle crut que Dieu, en lui envoyant *des richesses*, comme elle disait, lui imposait en même temps une nouvelle tâche à remplir.

Sous prétexte que l'importance de ses affaires nécessiteraient bientôt un teneur de livres, elle demanda à ma mère la permission de m'envoyer, comme élève externe, dans une bonne pension dont nous avions la pratique. Jugez si cette dernière y consentit, elle qui n'accordait un regret au passé que par rapport à mon éducation !

Il fut donc décidé, à la joie de toutes, que, de dix heures à quatre, je recevrais l'instruction de madame Colomba, femme aussi distinguée par sa vertu et son rare mérite, que par l'é- tendue d'une science qu'elle avait surtout le talent de savoir transmettre.

Le temps de mes études, avec cette excel- lente maîtresse, fut un des plus heureux de ma vie. Il fallait que mon caractère eût subi une grande modification, puisque je devins l'élève chérie de madame Colomba, qui, en- core aujourd'hui, me traite comme une amie : c'est par elle, et par les bons ouvrages qu'elle m'a fait lire dans mes quelques moments de repos, que j'ai pu participer à la vie intellec- tuelle que j'ai le bonheur d'apprécier.

Je reviens au temps où la bonté de Margue- rite m'ouvrit ce sanctuaire, aux dépens de ses intérêts matériels.

En vertu du dommage que mes absences quotidiennes causaient nécessairement, ma bonne mère faisait du zèle pour me remplacer : elle arrivait dans la boutique les bras étendus :

— Je veux travailler, disait-elle. Vite, Marguerite, ma chère fille, donnez-moi de la besogne ! Pourquoi donc ne serais-je bonne à rien ?

Alors elle arrangeait nos marchandises, auxquelles nous ne reconnaissions plus rien quand une fois elle y avait mis la main.

— Cela vient, mes enfants, nous disait-elle en voyant notre peine à nous retrouver dans ses paquets échevelés, cela vient de ce que je ne suis pas au courant des affaires de la maison ; mais laissez-moi le temps de m'y mettre, et vous verrez ! Si je ne touche jamais à rien, comment voulez-vous que je devienne adroite ?

Il y avait tant de charme dans ses paroles, tant de grâce même dans ses bévues, que nous la laissions faire pour le seul plaisir d'en être témoins, et de l'entendre nous les expliquer.

Nous n'étions jamais plus heureuses que de la voir mêler les dentelles avec les toiles, et plier les bonnets dans les ballots de mousseline. Quelquefois, elle voulait débrouiller nos soies ; mais c'était plus grave, car il ne nous fallait alors pas moins d'une journée pour arranger ses arrangements.

Quand elle recevait la pratique, c'était avec la politesse recherchée et gracieuse qu'elle avait autrefois dans son salon. Les gens simples en étaient si embarrassés, qu'ils cherchaient bien vite une autre personne à qui parler, afin de ne pas voir la *grande dame* se déranger pour les servir. Et cependant, tout était bénéfice pour l'acheteur ; car, quand elle mesurait le ruban ou les étoffes, elle en donnait toujours le double de ce qu'il fallait. Marguerite, loin de s'en plaindre, acceptait gaiement les sujets de distraction que nous apportaient ces petites maladresses ; et parfois nous en riions aux larmes toutes trois. Mais d'autres fois aussi, il arrivait que ma charmante mère prenait au sérieux ses adorables excentricités.

Un jour, elle nous dit : « Puisque je ne suis bonne à rien dans votre boutique, je vais au moins tâcher de surveiller la cuisine. » En effet, elle s'installa devant le fourneau, où plus d'une

fois elle laissa brûler ce qu'elle était censée surveiller. Puis, elle nous dérangeait alternativement vingt fois, sous prétexte que l'eau lui
manquait, ou qu'elle ne trouvait pas le sel, le
poivre ou tout autre condiment; ou encore
pour faire constater la couleur dorée que prenait le rôti.

— Si vous l'aimez plus brun, disait-elle,
revenez tout à l'heure. Je veux aussi que vous
goûtiez cette sauce. Séraphine, viens-en chercher, maintenant que je l'ai poivrée un peu,
pour la faire juger à Marguerite. Prends une
petite cuillère sur une assiette.

Alors Marguerite, qui entendait le débat
entre nous sur le luxe de propreté qu'il fallait
dépenser pour lui faire goûter la sauce en
question, arrivait, et coupait court en y plon-
geant son petit doigt; la sauce était toujours
digne d'éloge, bien entendu.

Il fallait voir aussi l'étalage de la vaisselle, le
dégât du linge, les taches sur les vêtements de
la chère cuisinière, et l'état de ses mains, quoi-

qu'elle les eût lavées dix fois... trop heureuse encore si elle ne se fût pas brûlé tous les doigts!

Quand la bonne Marguerite, pour lui faire plaisir, lui laissait croire qu'elle avait en effet préparé le dîner à elle seule, nous trouvions chaque mets excellent, ce qui la comblait de joie. Son sourire d'enfant nous payait alors toutes les peines que, sans s'en douter, elle nous avait données.

Après quelque chef-d'œuvre culinaire qui lui avait valu nos suffrages, elle nous disait quelquefois avec son plus grand sérieux :

— Je crois bien que je n'étais pas née pour le commerce ; mais certainement j'aurais réussi dans la cuisine.

Je vous laisse à penser, Madame, si nous tombions d'accord !

—J'admire, disait-elle souvent, combien le bonheur est facile, et à peu de frais, quand on suit les vues de la Providence ; car enfin, depuis que *je travaille*, je ne connais plus l'ennui, ce mal qui a dévoré mes plus beaux jours...

Mais aussi, mes enfants, quelle pitié vous inspirerait l'éducation que j'ai reçue, si l'on peut appeler éducation l'habitude de fuir des parents sévères pour aller poser en reine au milieu des inférieurs, surtout dans un pays à esclaves! Dieu sait ce que j'y serais devenue si, par le fait de mon mariage, je n'eusse été appelée à aller vivre loin de cette iniquité : car à seize ans déjà, je n'avais pas d'indignation pour cet ordre de choses de lèse-humanité. C'est avec componction que je vais vous faire ma confession, mais je n'ai eu l'horreur d'un tel crime qu'après mon arrivée en France, où je m'étonnais beaucoup de ne pas trouver établi ce que j'appelais *un usage*... Et cependant, voyez quelle confusion d'idées : je croyais avoir des sentiments religieux, tout en trouvant juste que des millions de créatures, marquées du sceau de Dieu au cœur et à l'intelligence, pussent être considérées comme de vils troupeaux ! Si quelque chose peut me justifier d'avoir été si longtemps à comprendre que Dieu

n'a pas créé d'une autre boue les noirs que les
blancs, c'est que ces malheureux nègres ac-
ceptent leur abaissement, et croient à la supériorité innée de leurs orgueilleux maîtres !

Quel ordre de choses que celui qui pervertit
ainsi les consciences !

— Il est si vrai, continua ma mère, dont les
yeux brillaient de l'amour de la justice ; il est
si vrai que la pratique d'une monstruosité si
prodigieuse nous fait perdre le sens de nos actes,
que, pendant de longues années, j'ai abdiqué
sans remords l'usage de la force et de l'adresse
que Dieu avait mises en moi. Aujourd'hui, je
porte la peine de ma longue inertie par la dif-
ficulté que j'éprouve à vous être utile ; car j'ai
beau faire, je ne suis qu'un membre inutile, un
misérable frelon me nourrissant du miel de la
ruche...

— Comptez-vous pour rien vos admirables
leçons de morale, Madame ? reprit Marguerite,
dont les yeux s'étaient humectés.

— Je n'ai de bon que la langue, poursuivit

ma mère en souriant ; mais, reprit-elle avec sérieux, puisque vous m'assignez le rôle de moraliste, afin de m'en donner un, avant de clore le sujet qui nous occupait tout à l'heure, je veux au moins y ajouter cette réflexion : C'est que chaque fois que l'ordre admirable établi par le Créateur est transgressé, il y a toujours souffrance pour les oppresseurs comme pour les opprimés. Si les pauvres nègres sont avilis par l'excès de travaux abrutissants, ceux qui les exigent tombent eux-mêmes dans la dépendance et dans l'avilissement. Le féroce maître, qui les châtie, perd son caractère d'homme, pour faire partie intégrante de l'instrument du supplice : il est d'abord l'homme-fouet ; puis le *fouet* dans sa hideuse nudité ; voilà pour l'avilissement. Quant à la dépendance, il est certain que, même avant d'avoir compris ce que certaines exigences avaient d'humiliant et d'antichrétien pour ceux qu'en théorie j'appelais frères, je me sentais réduite à l'état de momie, et que souvent je me de-

mandais pour quoi Dieu m'avait donné bras et
jambes. Toutefois ma conscience ne se révol-
tait point alors de cette énormité, tant mes
idées étaient complices de mes goûts! C'est à
ne pas y croire maintenant, puisque je bénis le
Ciel de ma pauvreté, parce que Séraphine n'a
point à passer par ce milieu dégradant pour apprendre à connaître la dignité de l'homme.

Je vous le jure, Marguerite, éclairée comme
je le suis, je ne regrette rien du passé pour
cette enfant, pas même pour le plaisir de
mes yeux : elle me charme tout autant avec
la petite robe de toile bleue ou rose gagnée
par son travail, qu'autrefois, lorsque par une
folie que je ne comprends plus, je la sur-
chargeais d'ornements, qui, sans la rendre
plus agréable, excitaient sa vanité... Et toi,
ma chère Séraphine, regrettes-tu quelque
chose?

Son heureux sourire me dit que, d'avance,
elle savait ma réponse.

Je me jetai dans ses bras, et mes baisers

durent lui dire que je n'enviais rien au monde.

Marguerite pleurait d'attendrissement, et jouissait de son ouvrage.

— Oh! que nous sommes heureuses! nous écriâmes-nous toutes trois à la fois.

Puis nous partîmes d'un éclat de rire en nous regardant, car nous étions couvertes de larmes, et nous pensions que si l'on nous surprenait ainsi, on nous croirait au désespoir.

Mais ma mère, reprenant le ton grave qui lui était habituel, nous fit remarquer combien le bonheur est peu de ce monde, puisque les larmes se trouvent au fond de nos joies les plus pures et les plus saintes.

Nous eûmes encore de beaux jours; mais à la fin de cette année, la dix-huitième de ma vie, sur l'avis du médecin, que Marguerite avait influencé, nous allâmes respirer l'air de la campagne, chez ma chère nourrice, qui nous reçut avec son bon cœur et sa vieille affection. Pendant notre séjour chez elle, nous eûmes la certitude d'une chose que nous avions toujours soupçonnée : c'est qu'à ses anciens griefs contre Marguerite se joignait une secrète jalousie de ce que cette bonne fille faisait chaque jour pour nous. Ce dévouement non interrompu, et qu'elle était forcée de reconnaître, la contrariait peut-être plus qu'elle n'osait l'avouer. Ma chère nourrice se sent grande par le cœur ; mais elle veut être seule, pour aimer à son aise.

— Si jamais, me dit-elle en secret, le malheur venait te frapper encore, songe que je suis ta mère... ta mère, entends-tu ? Moi, je né connais pas tous les secrets de votre beau langage de la ville ; mais, avec la mère Bonnard, ce mot veut tout dire. Et, s'il le faut, il n'y aura plus ni pays, ni maison, ni habitudes qui tiennent. Mon pays, ma maison, c'est là où mon enfant me dira : Viens !... C'est entendu... c'est compris, n'est-ce pas ?

Je ne sais pourquoi je me sentis pâlir et trembler à ces paroles de ma nourrice : aussi ne pus-je y répondre qu'en serrant convulsivement sa main calleuse.

Toutefois, cette impression se dissipa en ramenant à la ville ma bonne mère, toute ranimée par l'air vivifiant qu'elle avait respiré. Nous franchîmes l'hiver sans accident ; mais, contre notre attente, le printemps lui fut pénible. Elle se couchait souvent en se plaignant d'une grande faiblesse, qui n'ôtait rien cependant à l'accentuation de sa voix vibrante et sympathique. Nous lui en fîmes la remarque un soir qu'elle nous pénétrait de sa suavité, comme si nous eussions entendu la musique la plus délicieuse. Nous voulûmes qu'elle nous parlât de bonheur, elle qui savait tant de mots pour peindre les choses fugitives.

— A quoi bon, nous dit-elle, parler de ce qui n'existe point et de ce qu'aucune parole humaine ne saurait faire comprendre ? Ce que, dans notre langue, nous appelons bonheur n'est qu'une oasis au milieu du désert, et notre halte n'y est pas longue ; il y a au dessus de notre désir d'y séjourner cet impérieux et inflexible : *Marche !* qui nous force à continuer

notre route jusqu'au terme de ce mystérieux
voyage, jusqu'à notre arrivée dans cette autre
vie... plus mystérieuse encore !...

Elle n'ajouta rien, car elle vit qu'elle nous
troublait. En effet, ce froid qui déjà m'avait gagnée à propos des témoignages d'affection que
me donna ma nourrice en me parlant d'un malheur possible, me reprit et me fit trembler. Je
vis que Marguerite partageait cette impression :
elle était blanche comme l'albâtre.

Ce fut presque sans oser nommer le sujet de
mes craintes et plutôt en les laissant deviner
que je les confiai à notre médecin, notre
ami, qui me rassura ; et, comme à vingt ans
il y a en nous un invincible besoin d'espérer,
je me confiai de nouveau à cette vie que la
douceur de nos rapports avait faite si bonne.
J'étais venue à bout de faire partager ma sécurité à Marguerite, à qui je persuadai que
la faiblesse de ma chère mère, unique objet
de ses plaintes, avait toujours existé. Si, dans
ce moment (nous étions au mois d'août), on

pouvait y voir une recrudescence, l'extrême chaleur de la température ne suffisait-elle pas pour la motiver? Avec un peu de bonne volonté, nous nous figurions ressentir le même énervement qu'elle, par l'effet de cette ardeur caniculaire.

Nous étions arrivées au 25 de ce mois d'août, jour de la fête de ma bonne mère, qu'elle voulut sanctifier dès le matin par des actes pieux. Ordinairement, sa faiblesse l'obligeait à s'étendre sur une chaise longue où, selon sa pittoresque expression, elle rêvait à l'orientale; mais ce jour-là, elle voulut se recoucher, sans que cette action excitât nos alarmes. L'expression de ses yeux, l'émail éclatant de ses dents, que sa douce gaieté nous laissait voir : tout contribuait à nous rassurer. Vers l'heure du dîner que, pour la distraire, nous devions prendre dans sa chambre, je montai près d'elle, et, avant de commencer les apprêts de ce repas, qui déjà étaient une fête, je m'approchai pour l'embrasser ; elle m'étreignit sur son cœur de toute la force de ses bras caressants. — J'ai dormi, me dit-elle; mais d'un sommeil si léger, que j'aurais cru veiller, sans la douce vision à laquelle je viens d'être en proie. Figure-toi, ma chère Séraphine, que j'ai vu, comme je te vois, le visage de ton père dans l'auréole de ses beaux cheveux bouclés. Je ne pourrais te rendre ce qu'il m'a dit, parce qu'il s'exprimait dans une langue étrangère, mais dont j'avais la clé, car je sentais que rien n'était plus beau et meilleur que ce qu'il m'exprimait. Seulement, quand j'ai voulu lui répondre, ma bouche s'est trouvée tout à fait inhabile à lui faire comprendre ma pensée, malgré des efforts qui me semblaient surhumains, et qui, je le sentais, me brisaient.

« Ne t'agite ni ne t'inquiète point, m'a-t-il « dit; tu la sauras aussi, cette langue divine, et « nous nous comprendrons toujours! »

« Encore une fois, je ne saurais te dire, ma chère enfant, ce qu'il y avait de consolant et de doux pour moi dans ces dernières paroles,

ou plutôt dans la manière dont il les a prononcées; mais j'ai cru un instant toucher à la
solution d'un grand problème, à une immense
révélation, lorsque ta présence a fait fuir cette
ravissante hallucination.

Vous dire ce qui se passa en moi, Madame, en entendant ma mère parler de son
rêve comme d'une réalité, et le sentiment de
crainte que m'inspira sa parole lente, profonde, et mettant pour ainsi dire sa pensée en
relief, c'est ce que je ne pourrais vous exprimer et que la suite de mon récit justifiera sans
doute.

Pour le moment, cette impression vive, mais
fondée seulement sur une base aussi fugitive
qu'un rêve, se modifia sous l'influence de Mar-
güerite, tout entière aux préparatifs de notre
petite fête. C'était le jour des surprises : de la
part de la bonne fille, il s'agissait d'offrir à ma
mère une de ces superfluités que, dans le
monde élégant, on appelle un nécessaire; de
là mienne, c'était un ouvrage auquel je travail-

lais en cachette depuis six mois, avec des émotions d'enfant chaque fois que je supposais ma bien-aimée mère sur le point de le découvrir.

Puis, nous avions des pâtisseries, des bouquets artistement et symboliquement composés, des arbustes destinés à perpétuer le souvenir d'une si belle journée, et encore le linge fin et blanc sur la table, servie aujourd'hui avec une recherche et une espèce de profusion qui tenaient du luxe.

Marguerite se hâtait, à petit bruit, derrière le rideau que j'avais baissé pour dissimuler nos arrangements aux yeux de la personne intéressée.

Enfin, nous apportâmes la table devant son lit. Elle poussa un petit cri d'admiration en présence de ce déploiement de richesse et de bon goût elle que la vue d'une fleur faisait sourire. Toutes ces preuves d'affection imprimèrent à son heureuse nature un caractère de gaieté naïve que j'aimais tant à voir sur son visage. Elle anima notre petite collation par

les tours de son esprit ingénieux, par le pittoresque de l'expression auquel l'imprévu donnait tant de charme. Pendant toute la soirée
elle nous captiva surtout en nous répétant que
ce jour était un des plus beaux de sa vie.

Nous ne pouvions nous décider à la quitter : du reste, elle ne le souhaitait pas. Quand
nous l'embrassâmes pour la laisser enfin jouir
du repos dont elle devait avoir besoin, elle
nous retint, et pendant longtemps nous pûmes
nous livrer au plaisir de l'entendre. Rien n'é-
tait plus entraînant que les causeries de ma
mère, là où son cœur était à l'aise. Personne
ne savait mieux qu'elle passer par des che-
mins fleuris et variés, lorsque, dans ses moments de confiance et d'abandon, elle laissait
sans effort succéder aux pensées sérieuses les
pensées légères ou sentimentales. Plus que jamais, j'admirais la souplesse de cet esprit charmant et sympathique qui se communiquait en
vous faisant croire à votre propre mérite. Cette
communication était si vraie et si sensible,

que la modeste Marguerite elle-même disait :
« Je ne me crois jamais un peu d'esprit que
quand je cause avec madame Langeac! »

Je reviens à cette soirée, qui fut comme l'a-
pothéose de cette vie si simple en apparence ;
mais à laquelle il ne manquait qu'un peu de
lumière pour être jugée digne et grande, par la
douceur, la résignation et la moralité dont elle
offrit toujours l'exemple.

Selon le désir de ma mère, nous avions
éteint les bougies, qui blessaient ses yeux, pour
jouir de la fraîcheur de l'air et d'un magnifique clair de lune dont le lit blanc était tout
inondé. La placide lumière de cet astre contribuait à l'espèce de solennité qui faisait que
Marguerite et moi nous n'osions plus parler,
fascinées que nous étions par la pâle figure de
ma mère, dont les yeux veloutés brillaient d'un
feu inaccoutumé.

Il était tard quand nous nous arrachâmes
d'auprès d'elle; mais le sommeil ne lui vint
pas, ainsi que nous l'avions espéré.

Rien n'était moins étonnant que la fatigue du lendemain; mais elle alla en croissant pendant trois jours, au bout desquels, malgré la malade, nous fîmes venir le médecin, qui ne lui trouva point de fièvre. Elle avait la tête libre; seulement l'affaiblissement me semblait prodigieux. Elle céda plusieurs fois à nos instances en avalant péniblement quelques gouttes d'un cordial pour lequel son doux: Merci! nous arrivait encore, mais accompagné d'un navrant sourire.

Enfin, le sommeil avait succédé à l'agitation dans l'accablement; il dura si longtemps que nous dûmes le croire réparateur: aussi n'osions-nous pas le troubler, après une veille si pénible. Quand le docteur revint le lendemain, il durait encore, et sa persistance inaccoutumée m'effrayait. Toutefois je m'avançai vers le lit, sur la pointe du pied, et voulant l'éveiller sans tressaillement, j'effleurai de mes lèvres son front calme... Il était froid!...

Quoique les années aient passé sur ma tête

depuis ce moment terrible, l'impression de ce froid mortel se fait encore sentir chaque fois que ce souvenir vient frapper ma pensée. . .

. . . .

. . . .

Pendant plusieurs jours, reprit Séraphine avec effort et après avoir essuyé d'abondantes larmes, je crus impossible de vivre sans ma mère adorée, et je suis encore convaincue que la sécurité née de cette croyance intime fut ce qui me sauva. Alors, pourquoi ces cris? pourquoi ces clameurs qui troubleraient les vivants, puisque j'allais descendre parmi les morts ?... Hélas ! Madame, après l'état de prostation que je croyais un avant-coureur de ma fin désirée, la douleur me revint avec l'étonnement de vivre ! Il fallut me reprendre à l'existence pour assister à une catastrophe nouvelle. Depuis longtemps, la courageuse Marguerite portait le principe d'un mal qui, sans altérer sa figure, avait néanmoins causé de profonds ravages en elle. Toutefois, accoutumée à s'oublier pour ne songer qu'aux êtres confiés à sa charge par Dieu même, disait-elle, jamais elle ne voulut consulter le médecin au sujet des accidents qui se renouvelaient de plus en plus chaque jour. Il y avait donc moins à s'étonner qu'à s'affliger de l'effet produit. Son organisation affaiblie de longue main, déchirée comme moi et plus faible que moi, s'était brisée par le coup funeste qui nous avait frappées...

Le progrès de son mal, contre lequel tout secours fut impuissant, nous laissa toutefois long-temps entre la crainte et l'espérance; je dis *nous*, parce que ma bonne nourrice, en apprenant notre malheur, n'avait pas attendu mon appel pour accourir près de moi. L'état de Marguerite l'engagea à me seconder dans les soins que je lui donnai, et quand j'eus la certitude qu'ils ne pourraient la sauver, je ne me plaignis que de ne pouvoir pas la suivre; car je la trouvais mille fois heureuse de quitter un monde qui, à ce qu'il me semblait, avait perdu son plus bel ornement. La disparition de ma ravissante mère aurait dû, selon moi, provoquer un cataclysme... Pendant un très-long temps, je ne pouvais comprendre ni les fleurs, ni le chant des oiseaux, ni le soleil, ni la lune surtout, qui l'ayant caressée cette nuit du 25 août, pouvait consentir à briller pour d'autres que pour elle !

Six mois après, la tombe se referma sur ma bonne, ma sainte Marguerite... J'en eus un chagrin vif; mais je vous tromperais, Madame, si je vous disais qu'il fut très-exalté : mon cœur était trop flétri, pour que la sensibilité n'en fût pas émoussée ; c'était à peine si j'étais touchée de l'adorable bonté de ma nourrice, qui ne voulut plus me quitter.

Mais des ennuis d'une tout autre nature vinrent me tirer, malgré moi, de ma torpeur. Les affaires, cette rouille qui s'attache à la douleur, réclamèrent tous mes soins. Marguerite, dans sa prévoyance de mon avenir, m'avait légué, par son testament, son fonds de com-

merce, à la condition, toutefois, de tenir compte
à ses héritiers naturels d'une somme de dix
mille francs. Seulement, la chère fille avait
omis d'assigner l'époque à laquelle je serais
tenue d'acquitter cette dette ; or les paysans
sont pressés de jouir, et ils arrivèrent en foule
pour recueillir, dans le plus bref délai, un héritage dont ils se croyaient frustrés en partie,
puisque j'étais en possession de la boutique.
Ils ne voulurent jamais admettre l'article du
testament qui constatait mes droits à cet acte
de munificence, par mon *intelligente* collabo-
ration. Ils se croyaient et se disaient dupés.

Je me vis bientôt dans la nécessité de vendre
mon fonds, pour me débarrasser de l'avidité
révoltante à laquelle j'étais en butte. Il est pro-
bable que les formes judiciaires auraient réduit
à zéro les intentions de Marguerite à mon
égard. Je fus sur le point de tout abandonner
à ses collatéraux, et de me sauver avec ma
nourrice, qui m'en priait à genoux. Mon affection pour elle me retint heureusement : je ne

pouvais plus, sans un monstrueux égoïsme, accepter un dévouement que son âge et ses in-
firmités prévues surtout ne rendaient possible
qu'avec d'infinies difficultés.

Dans cette triste position, j'hésitais à
prendre un parti. Dieu, que je priais avec
ardeur, ne me suggérait aucune inspiration.

Enfin, un matin, je me décidai à aller consulter un homme d'affaires dont la femme,
notre pratique, m'avait toujours montré beaucoup d'intérêt. Au moment où je passais le
seuil de la porte, le facteur m'arrête pour me remettre un paquet volumineux et franc de port.
Le timbre portait : *Paris;* je n'y connaissais personne ; cependant, l'adresse était d'une si belle
écriture et tellement précise, qu'il n'y avait
pas d'erreur possible. Je rentre pour ouvrir le
paquet, qui contenait... jugez de ma surprise !...
dix billets de mille francs ! Je me frottai les yeux
en marchant à grands pas dans ma chambre,
afin de m'assurer si j'étais bien éveillée.
J'en eus bientôt la preuve dans le vacarme que

faisait autour de moi ma nourrice, quand elle eut compris le sujet de mon étonnement.

— Il faut, disait-elle, que ce soit saint Barnabé, le patron de mon pauvre homme, que j'ai prié cette nuit; ou saint Pancrace, celui de notre village, qui te connaît puisque tu as été élevée là !

Je tombai d'accord avec elle pour croire que la main de Dieu était dans cette affaire; mais rien de moins explicable que les voies qu'il avait prises pour me venir en aide.

En comptant et recomptant les billets de banque, il en était tombé une bande de papier qui portait ces mots :

« *Pour désintéresser les héritiers de Marguerite.* »

Je ne pouvais douter que mon protecteur invisible n'eût la connaissance de mes affaires, devenues tellement pressantes depuis quelques jours, que refuser son concours eût été presque impossible.

J'usai donc de sa générosité, après avoir

consulté toutefois ma maîtresse de pension, mon conseil et mon soutien moral dans toutes les circonstances où le doute pouvait s'élever dans mon esprit.

CHAPITRE X.

———

Cette affaire une fois terminée, au milieu des larmes auxquelles il avait fallu malgré moi faire trève, je sentis tellement le vide laissé autour de moi, que je me demandai si l'activité que j'avais forcément déployée était bien nécessaire.

Tout ce que je venais d'accomplir, dans mon intérêt, m'en semblait maintenant si dépourvu, que je tombai dans l'apathie la plus complète.

Je fus longtemps à fermer l'oreille à la voix qui me disait, au fond de ma conscience, que le temps était venu de payer mes dettes envers ma nourrice, qui jusqu'ici m'avait prodigué biens, santé, et jusqu'à son existence.

Et puis, n'étais-je pas la débitrice de ce protecteur inconnu dont la générosité avait empêché ma ruine? Ce secours si opportun, si efficace, serait sans doute temporaire; et dans cette prévision, ne devais-je pas me tenir prête à tout événement?

La stricte probité, je le sentais presque avec chagrin, m'imposait l'obligation de travailler pour me libérer. Je repris ma chaîne.

Il y avait déjà quelque temps que je vivais avec ma nourrice, dans des lieux qui, n'ayant subi aucun changement, me retraçaient sans cesse les scènes funèbres dont mon esprit avait été frappé.

D'après le conseil de quelques personnes, et peut-être dans l'intérêt de mon commerce languissant, de ma langueur habituelle, je fis dans mon magasin des réparations et des arrangements devenus nécessaires pour redonner une impulsion qui me fût avantageuse et rappeler ainsi les gens que ma tristesse avait éloignés.

Tout changement en provoque d'autres : quand mon magasin fut coquettement peint et embelli extérieurement, je dus songer à renouveler les marchandises de date trop ancienne, et les remplacer par des modèles d'un goût plus recherché et plus moderne : mon âge, ma position le voulaient ainsi, moi qui n'avais pas, comme Marguerite, une vieille réputation d'honneur et de probité.

Avant de rouvrir mon magasin au public, dans sa splendeur nouvelle, et d'après le conseil de madame Colomba, il fut décidé que j'irais à Paris, afin d'y retremper mon goût et peut-être y modifier mes tristes idées.

Tout fut alors dirigé par cette excellente amie, tant pour aplánir les difficultés du voyage que pour m'assurer un accueil favorable chez des personnes honnêtes, et pouvant me diriger dans le choix des marchandises que je comptais rapporter.

Un banquier de Chalon m'ouvrit non-seulement un crédit chez son correspondant, mais il me dit encore que chez M. Charles Niagara, je trouverais un appui en cas de besoin, si je le réclamais de sa part.

Je partis donc sous la protection d'une dame qui, ayant fait plusieurs fois le voyage de Paris, voulait bien me renseigner sur la ma-nière d'agir, et de se tirer d'affaires dans un milieu si différent de celui où j'avais passé ma vie.

Je vous dirais bien, Madame, continua Séraphine, qu'aucun événement ne marqua ce voyage, parce qu'en effet nous n'eûmes ni essieu cassé, ni attaque imprévue, ni le plus petit orage ; le ciel, au contraire, affecta, ce me semble, de briller nuit et jour de son éclat le plus doux, et par conséquent, le moins en rapport avec la tristesse de mes pensées ; mais les cœurs blessés trouvent tou-jours des angles pour s'y meurtrir de nouveau !

Dès le début, mon humeur noire fut aug-mentée de toute la joie bruyante de nos compagnons de route qui, pendant une longue nuit, n'interrompirent leurs calembours et leurs jeux de mots que pour pousser des éclats de rire forcenés.

Plusieurs fois, la dame qui m'accompagnait essaya de modérer cet excès d'hilarité en se plaignant d'une violente migraine; mais ils n'y eurent pas plus d'égard qu'à l'air douloureusement contraint d'un jeune homme qui occupait la sixième place de l'intérieur, depuis notre passage à Auxerre.

Enfin, toute chose a un terme, la joie surtout; mais celle de nos rieurs intempestifs, heureusement pour eux, ne céda qu'à un profond sommeil.

— Que Dieu les maintienne dans cet état jusqu'à Paris! dit enfin le voyageur taciturne, je n'ai jamais regretté autant qu'aujourd'hui de n'avoir pas *mes chevaux et ma voiture*.

— Vous êtes jeune, et cette bonne fortune peut vous arriver, reprit ma compagne, qui se crut obligée de répondre à cette assertion.

— Jamais, Madame, reprit-il avec amertume, car je n'ai pas l'espoir d'arriver à l'époque où il n'y aura plus ni mendiants, ni voyageurs à pied ; or, j'ai promis à ma chère mère, et je me suis engagé avec moi-même, de ne point avoir d'équipage avant ce temps-là.

Ces paroles, et le ton dont elles furent prononcées, nous intéressèrent vivement en faveur de ce jeune homme ; nous aurions bien souhaité l'entendre davantage, mais ses lèvres frémissantes semblaient maintenant comme scellées, tandis que son regard, perdu dans le vague du ciel, était chargé d'une inquiétude mêlée d'impatience.

Ce dernier sentiment finit par éclater à la montée d'une côte assez rapide.

— Mon Dieu ! s'écria-t-il d'un accent désespéré, si j'arrivais trop tard !

Pardon, Mesdames, nous dit-il, si, malgré moi, je vous occupe de ce qui me touche ; mais il est difficile de se taire en présence d'un malheur comme celui que je redoute.

Ma mère ! mon adorable mère... ne sera... n'est peut-être plus à l'heure qu'il est !

Je ne sais si la voix de ce modèle des fils était plus touchante qu'une autre, ou si la conformité de nos situations me la fit trouver telle, toujours est-il que ma douleur en fut vivement provoquée, et que je fondis en larmes comme au jour où. . . . .

. . . .

L'effet magnétique de ce souvenir brisa encore une fois la voix de Séraphine ; je ne pus m'empêcher de partager son émotion et de m'intéresser *vivement au jeune voyageur,* si accablé, *lui aussi,* de l'état de sa mère. Aussi, dès que Séraphine put reprendre son récit, demandai-je des nouvelles de cet excellent fils.

— Je ne l'ai jamais revu depuis ce voyage, Madame, me répondit-elle, et cependant je l'ai beaucoup souhaité ; aujourd'hui même, je voudrais bien savoir si, plus heureux que moi, il a eu le bonheur de conserver cette mère, objet de tant d'amour, et à laquelle, d'après ses récits, je ne pus comparer que la mienne.

— Elle vit, ma chère enfant, m'écriai-je en la pressant dans mes bras; elle vous aime, et vous appelle sa fille en cet instant.

— Eh quoi, Madame, c'était de vous qu'il parlait? Mon Dieu! que je suis heureuse! J'ai donc un frère, ainsi que je l'ai tant désiré! Ce qu'il y a de singulier, continua Séraphine, c'est qu'il souhaitait lui-même m'avoir pour sœur : il me le dit au moment de nous séparer, si bien que je crus lui dire au revoir en le quittant.

— En effet, tout cela serait bien singulier, comme vous le dites, si ce n'était providentiel; mais achevez votre histoire.

J'étais attendue chez une personne de Chalon, fixée à Paris déjà depuis plusieurs années, et qui consentait à me céder une petite chambre dans son appartement pendant le temps de mon séjour à Paris.

Après la première nuit de repos, passée dans cette maison, je me rendis dès le lendemain matin chez M. Niagara.

Il n'était point dans ses bureaux, où travaillaient plusieurs commis, si affairés qu'ils répondaient assez brièvement à beaucoup de personnes arrivées avant moi. Enfin, mon tour vint, et je présentai ma lettre de créance pour obtenir la somme dont j'avais besoin.

Mais à peine le commis y eut-il jeté les yeux, qu'il me toisa des pieds à la tête, en me demandant si j'étais bien mademoiselle Langeac.

Sur ma réponse affirmative, il me dit qu'il avait ordre de me faire entrer chez son patron; et, avec des manières très-respectueuses, il m'introduisit dans un fort beau salon.

Bientôt une femme charmante de distinction, et même de beauté, quoiqu'elle fût mulâtresse, vint m'y recevoir avec toutes les démonstrations de la joie la plus vive.

— Mon mari va rentrer, me dit-elle; qu'i sera heureux de vous revoir !

— Madame, je ne crois pas... .

— Je ne me trompe pas; asseyez-vous, Mademoiselle.

— Permettez, Madame...

— Otez votre chapeau... Vous allez déjeuner avec nous... Elle-même dénouait mes rubans.

— Madame, un accueil si flatteur...

— Vous n'avez donc pas de confiance en moi? me dit-elle en m'embrassant.

— Tout au contraire, Madame; mais il y a certainement une erreur...

— Je ne me trompe pas, vous êtes bien mademoiselle Séraphine Langeac, marchande de nouveautés à Chalon-sur-Saône, héritière de Marguerite Bourgoin.

Je restai confondue; et pendant que j'interrogeais mes souvenirs pour savoir comment et par où j'avais pu mériter de tels amis dans une ville où je n'étais jamais venue, M. Niagara rentra. En m'apercevant, il s'appuya sur une console, tant il paraissait troublé. Au lieu d'arriver jusqu'à moi, il tomba à genoux dé-

vant le guéridon qui supportait mon chapeau
orné d'un crêpe. Il baisa et rebaisa, avec une
religieuse émotion, ce signe de deuil et d'une
douleur chez moi facilement ravivée. Je me
précipitai vers celui qui semblait si bien la
comprendre... Et pendant longtemps, les mains
dans les mains, nous ne pûmes nous exprimer
que par des sanglots.....

Maintenant, Madame, si je vous dis que
M. Niagara était un nègre, vous saurez, comme
moi, que je venais de retrouver cette grande
âme dont l'enveloppe noire cachait un si tou-
chant dévouement quand il servait ma re-
grettée mère sous le nom de Charles.

Il me reste à vous expliquer sa fortune, puisque déjà vous soupçonnez l'homme aux dix
mille francs, et celui des deux cent soixante-
quinze francs, dix années auparavant.

Charles, en nous quittant, était venu à Paris,
avec l'idée d'y gagner beaucoup d'argent, afin,
avait-il dit, si vous vous le rappelez, Madame,
d'être utile à sa chère maîtresse. Mais il eut à

lutter contre la faim, contre la répulsion qu'inspirait sa couleur, contre le découragement, jusqu'à ce qu'enfin il entre chez un banquier, qui le prit à la sollicitation de sa femme. Cette dame avait alors à son service un assortiment complet de gens de couleur, que, sur sa demande, une dame de ses amies, mariée à la Guadeloupe, lui avait expédiés à grands frais. Le superflu et même le nécessaire passaient dans cette œuvre, entreprise avec la passion de l'ardente charité. Mais, dévorée par l'impuissance de son zèle, la sainte femme mourut à la peine, sans avoir vu arriver le jour de la justice, et avec ce sublime déchirement des âmes qui en ont la soif et la fièvre.

N'ayant rien apporté en dot à son mari, elle lui légua ses nègres et sa pitié pour eux.

Par une clause de son testament, elle exigeait que son convoi funèbre fût celui de la classe des indigents, afin que le prix des tentures et d'un monument à sa mémoire pût encore être employé, après elle, au rachat d'une

de ces créatures de Dieu. Le banquier, religieux observateur des intentions de sa femme,
fit en effet racheter une jeune mulâtresse dont
la vie douloureuse fournirait les épisodes d'un
long et pathétique roman, mais dont je ne
dirai qu'un mot.

Fille chérie d'un blanc et d'une esclave noire,
après avoir reçu la plus brillante éducation,
elle perdit en même temps son père et la liberté,
ce malheureux ayant négligé de remplir les
formalités voulues pour l'affranchissement de
son enfant.

Le banquier, en libérant cette jeune fille,
n'avait point fait les choses à demi. Il ne voulut point la laisser dans le triste pays qui l'avait
vue orpheline et esclave. Non content de
l'avoir rendue à la vie morale selon l'idée
chrétienne, si grossièrement travestie chez les
partisans de l'esclavage qui, cependant, se
disent chrétiens, il la fit venir à Paris, où
d'abord sa maison lui servit d'asile; puis elle
fut placée comme demoiselle de compagnie

chez une dame dont elle devint l'amie; elle y demeura jusqu'à ce que, touchée des qualités de Charles, elle voulut bien l'épouser; mais j'anticipe sur l'histoire de celui-ci, qui, en entrant au service du banquier, ne remplissait chez lui que les plus humbles fonctions.

Il fallut que les circonstances fissent connaître à son patron les rares qualités que le Ciel avait mises en ce jeune homme, pour que, de garçon de peine dans ses bureaux, il en fît une espèce de secrétaire intime, et qu'il le gardât toujours dans son cabinet particulier.

Il y avait en effet dans ce jeune nègre une telle intelligence des affaires, qu'il entrait sans peine dans des combinaisons très-délicates et qui ne semblaient pas du ressort d'un homme à qui l'éducation première avait manqué.

Il fallait que le terrain fût aussi fertile que possible, pour que l'homme *d'affaires* y consacrât lui-même des soins assidus. Or, il est naturel de se passionner pour son ouvrage : et les progrès de Charles furent si rapides qu'ils lui valurent l'affection de son patron, et cependant il faillit perdre la confiance de celui-ci ; voici à quelle occasion :

Charles avait reçu de son maître, à titre de rémunération, une somme de trois cents francs.

—Voyons, Charles, lui dit le banquier quelques jours après, je veux faire fructifier tes fonds, en te faisant entrer dans une combinaison qui les doublera dans six mois... Et puis ensuite... nous trouverons autre chose.

Le jeune homme embarrassé ne put, en réponse à cette preuve d'intérêt, que baisser la tête et balbutier quelques mots inintelligibles.

— Mais réponds, Charles ; voyons, qu'y a-t-il? Auriez-vous joué votre argent? que signifie ce trouble? Je vous parle avec bonté, avec intérêt, et vous restez muet. Ah ! Charles! Charles ! il faut que vous ayez fait de mauvaises choses, puisque vous refusez de m'ouvrir votre cœur.

Le maître s'était retiré, froid et blessé.

Charles était le plus malheureux des nègres libres.

Pendant plusieurs jours son maître lui tint rigueur, jusqu'à ce qu'un matin, il lui rapporta une lettre non cachetée, et sortie par mégarde de la poche du nègre; elle était à son adresse et ainsi conçue :

« La personne sur laquelle vous prenez des « informations est dans la plus profonde mi- « sère. Un individu bien intentionné lui a « proposé de la faire inscrire sur le registre « des indigents ; une fierté peut-être déplacée « quand on a un enfant mourant de faim, a em- « pêché votre ex-bienfaitrice d'accepter cette « proposition. Mais si, comme vous le dites, « vous avez les moyens de l'assister, je crois « que votre aumône ne peut tomber plus juste « et plus à propos.

« Après vous avoir donné ces renseigne- « ments comme fonctionnaire public, je m'as- « socie comme homme à une œuvre d'autant

« plus méritoire que vous êtes, me dites-vous,
« dans l'intention de garder l'anonyme. C'est
« très - bien ! Dieu vous bénira pour cette
« bonne action.

« Recevez, etc.

« LE MAIRE DE LA VILLE DE CHALON. »

— Charles, mon fils, dit le banquier en
l'embrassant, il a raison : Dieu te bénira. Tu es
bien son enfant, malgré la couleur noire qui,
aux yeux des intéressés, a pu te faire pro-
clamer d'une race inférieure. Compte sur moi
comme sur un ami.

Charles, fier d'une amitié ainsi conquise, se
conduisit de manière à la conserver. Il prit de
nouveau, secrètement des informations sur ma
mère ; mais, ayant appris que la bonne Marguerite, qu'il estimait, s'était chargée de notre gîte;
que ses bienfaits envers nous lui avaient valu
la confiance publique, il tourna ses vues du
côté des pauvres nègres, d'autant plus vivement

que son maître, en souvenir de sa femme, les lui recommandait plus chaleureusement.

A la mort de son protecteur, un legs de cinquante mille francs donna à Charles la possibilité de faire des affaires pour son compte; son habileté les fit prospérer, si bien qu'en peu de temps, il put offrir à celle que son maître avait regardée comme sa pupille un sort digne d'elle.

Lorsque cette maison m'ouvrit une porte si largement hospitalière, il ne manquait à ces deux époux que des enfants pour perpétuer leurs vertus, et quand j'en fis la remarque avec un ton de regret, Charles me répondit : — Nous avons la grande famille à tirer du joug de la *servitude,* comme dit l'Écriture ; et les enfants à vêtir, à nourrir, et à instruire de leurs devoirs ne nous manquent pas. Quelle fortune ne faudrait-il pas, ajouta-t-il en soupirant, pour faire passer ce troupeau déchu à l'état de créatures humaines !

— Mon Dieu ! Charles, m'écriai-je dans

le transport de générosité qu'il m'inspirait, pourquoi m'avez-vous envoyé ces dix mille francs?

— Je vous les devais, répondit Charles de l'air le plus convaincu. N'est-ce pas madame Langeac qui, en me traitant en homme, m'a appris à me conduire en homme?

Je ne me fis point prier pour m'installer dans la chambre qui m'était préparée. Le temps que je passai avec ces vertueux amis fut aussi profitable à mon âme qu'agréable pour mon esprit. Madame Niagara est une des plus aimables et des meilleures personnes que j'aie jamais connues.

Maintenant, que vous dirai-je, Madame, si ce n'est que je revins à Chalon, et que depuis trois ans, mon commerce prospère avec la grâce de Dieu et l'aide de ma bonne nourrice, dont vous connaissez le zèle et l'affection.

Ainsi termina la chère enfant, non sans avoir changé souvent de visage; elle ne pouvait repasser impunément par le souvenir des tristes péripéties dont abonde son récit, sans en être fortement ébranlée.

Elle avait trop souffert par l'orgueil pour ne pas être complétement corrigée. Rien ne prouve mieux à quel point elle l'est que l'extrême humilité avec laquelle sa confession m'a été faite ; cependant, je voulus encore l'éprouver, en lui proposant de se donner elle-même en exemple à la jeunesse.

— Laissez-moi, lui dis-je, mettre en relief vos fautes et les malheurs, qui presque tous en furent la suite ; rien ne sera plus moral et plus profitable que cette véridique histoire, votre récit me paraissant réunir toutes les conditions pour intéresser, corriger et disposer à la vertu.

Séraphine devint très-rouge, à l'idée d'occuper le public d'elle dans un livre imprimé. Elle réfléchit un instant ; puis elle me dit sans fausse modestie :

— Je puis si peu pour la moralité d'autrui, dans la place que j'occupe en cette vie, que je laisse à votre disposition les confidences que je vous ai faites. Seulement, Madame, si vous donnez suite à votre projet, j'aimerais que l'épigraphe du livre fût cette sentence si vraie que répétait souvent Marguerite, après le moraliste :

On a souvent besoin d'un plus petit que soi.

FIN.

TABLE DES MATIÈRES.

FIN DE LA TABLE.

LAGNY. — Imprimerie de VIALAT et Cie.

LAGNY. — Typographie de VIALAT et Cie